Le Prophète

예언자

Le Prophète written by Khalil Gibran, illustrated by Zeina Abirached

Copyright © Éditions SEGHERS, 2023

Korean translation rights © SEOSAWON Co., Ltd., 2025

Korean translation rights are arranged with Editions Robert Laffont through AMO Agency Korea

All rights reserved.

이 책의 한국어판 저작권은 AMO 에이전시를 통해 저작권자와 독점 계약한 서사원에 있습니다.

저작권법에 의해 한국 내에서 보호를 받는 저작물이므로 무단 전재와 무단 복제를 금합니다.

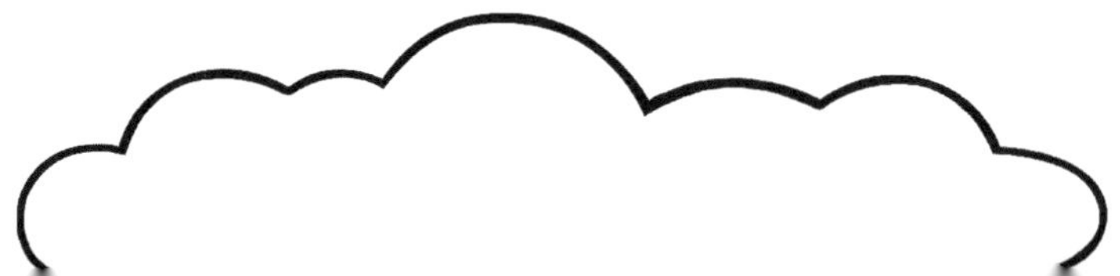

Le Prophète
예언자

칼릴 지브란 글 ◆ 제이나 아비라셰드 그림
박효은 옮김

목차

제이나 아비라셰드 Zeina Abirached

1981년 베이루트에서 태어난 제이나 아비라셰드는 일러스트레이터이자 만화가이다. 2015년 캐스터만(Casterman)에서 출간된 그래픽 노블 『동양의 피아노(The Oriental Piano)』로 대중과 평단의 주목을 받으며 큰 성공을 거두었고, 2016년에는 프랑스 문화부로부터 예술문학 기사 훈장(Chevalier des Arts et des Lettres)을 받았다.

칼릴 지브란의 『예언자』를 만나 깊은 감동을 받은 그녀는, 출간 100주년을 기념하여 이 고전을 그래픽 노블로 재탄생시켰다.

그림 작가의 말

저는 칼릴 지브란이 태어난 레바논에서 나고 자랐습니다. 그래서 『예언자』라는 작품은 제게 무척 친숙했지요. 베이루트 고향집 서재에 꽂혀 있던 그 책은 제가 어디를 가든 저와 함께 했습니다. 제가 여기저기 집을 옮겨 다닐 때도 작은 문고판 『예언자』는 언제나 제 책꽂이의 한 자리를 차지했지요. 그렇지만 저는 그 책을 좀처럼 펼쳐보지 않아서 그 내용을 제대로 알지는 못했습니다. 결혼식 같은 예식에서 종종 인용되는 몇몇 구절은 알고 있었지만, 동향 작가의 작품이라는 이유로 저는 『예언자』를 친숙하게 여기면서도 어떤 의무감을 가졌던 것 같습니다.

언젠가 한번은 반드시 읽어야 하는 작품이라 여겼던 탓에 은연중 거부감이 들었는지도 모릅니다.

그러던 어느 날 저는 『예언자』를 읽기 시작했습니다. 무릎에는 스케치북을, 손에는 연필을 쥐고 그림을 그리면서요.

그렇게 저는 비로소 『예언자』를 만나게 되었습니다.

저는 제일 먼저 알무스타파의 얼굴을 떠올렸습니다. 지브란은 그를 두고 '그 시대의 새벽빛'이라고 표현했지요. 그렇다면 그는 청년이었을 것입니다. 그는 오르팔레즈라는 도시에서 열 두 해를 보내고 수평선을 바라보며 고향으로 데려다 줄 배가 오기를 기다립니다. 그러다 마침내 배가 오지만, 그는 떠나기를 주저합니다. 그토록 기다리던 때가 왔는데도 쉽사리 떠나지 못하고 망설이는 그의 모습이 낯설지 않았습니다.

2004년 베이루트를 떠나기 위해 처음으로 여행 가방을 꾸렸던 제 모습이 겹쳐보였기 때문입니다. 그곳을 떠나고 싶다는 강렬한 열망은 23킬로그램의 여행 가방만큼 무거워져 있었지요. 공교롭게도 '23'이라는 숫자는 그때의 제 나이이기도 했습니다.

알무스타파는 짐을 들고 방파제에 서 있다가 항구까지 자신을 배웅하러 나온 도시 사람들에게 짐을 맡기고 그들에게 자신이 터득한 지혜를 전합니다. 열 두 해 동안 도시의 거리와 들판과 산을 누비며 자신이 얻어낸 결실을요. 그는 그렇게 떠나야 하는 순간 예언자로 거듭납니다.

저는 그 순간을 그림으로 그려 오래도록 마음속에 새기고 싶었습니다.

그러자니 제 어머니가 떠올랐습니다. 제가 어릴 때, 어머니는 제가 시와 친해지기를 바라면서 유명한 시들에 멜로디를 붙여 노래로 불러주시곤 했습니다. 외국어처럼 낯설고 멀게만 느껴지는 시어들이 음표를 만나 목소리와 공명하면, 그 시들이 제게 더욱 가까이 다가오는 것 같았습니다.

저 역시 지브란의 글에 그림이라는 멜로디를 붙여주고 싶었습니다.

지브란의 글에 다가가 리듬과 운율을 찾고 그의 내밀한 '목소리에 귀를 기울이려' 했습니다. 그의 글을 그림으로 표현하되 모든 것을 다 그려 넣으려 하지 않았습니다. 그 빈 공간이 저마다의 상상으로 채워지기를 바라면서요. 글과 그림을 함께 엮어 서사를 쌓았습니다. 반복되는 기하학적 무늬를 그려 넣어 그 속에서 독자들이 묵상하기를 바랐습니다. 노래 부르듯 그의 글을 읽었습니다.

그렇게 노래 부르다보니 백 년이 훌쩍 넘은 그의 글이 새삼 더욱 가깝게 느껴졌습니다. 이 책을 읽으며 독자 여러분 역시 그렇게 느낄 수 있다면 더할 나위가 없겠습니다.

루에게

니나에게

이른 감이 있지만,
미모에게

배가 오다

알무스타파
선택받은 자이며 사랑받는 자
그 시대의 새벽빛이었던 그는

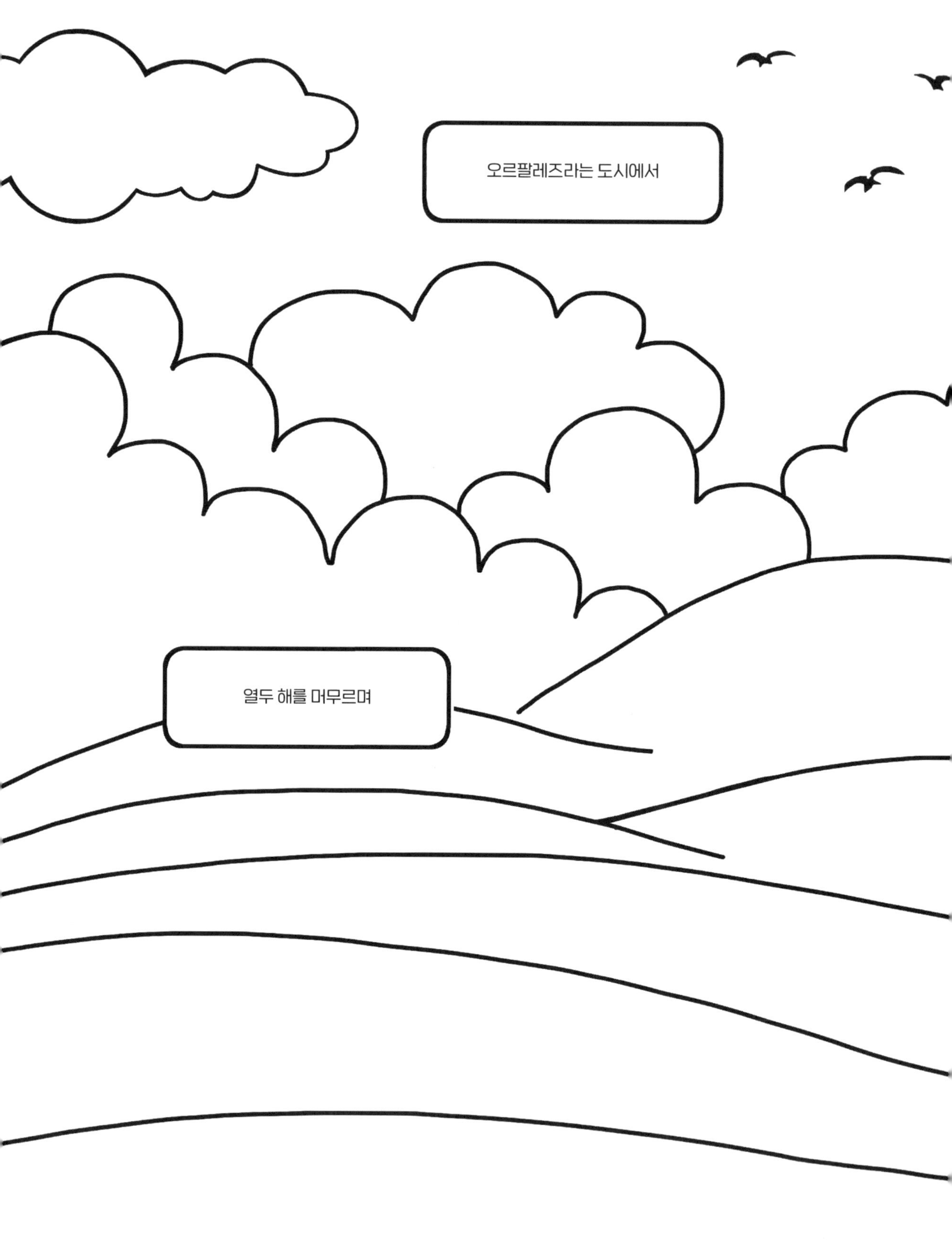

오르팔레즈라는 도시에서
열두 해를 머무르며

배가 오기를
기다리고 있었다.

자신이 태어난 섬으로
데려다 줄 배를.

어느덧 열두 해째
'이에룰'이라 부르는
추수의 달 이렛날에

그는 성 밖에 솟아 있는 언덕에 올라

저 멀리 바다를 바라보다가

안개 속에 자신의 배가 있음을 알아차렸다.

그 순간 그의 마음의
문이

활짝
열렸고

기쁨이 저 멀리
파도 위로 날아올랐다.

그는 영혼이 고요한 가운데
눈을 감고 기도를 드렸다.

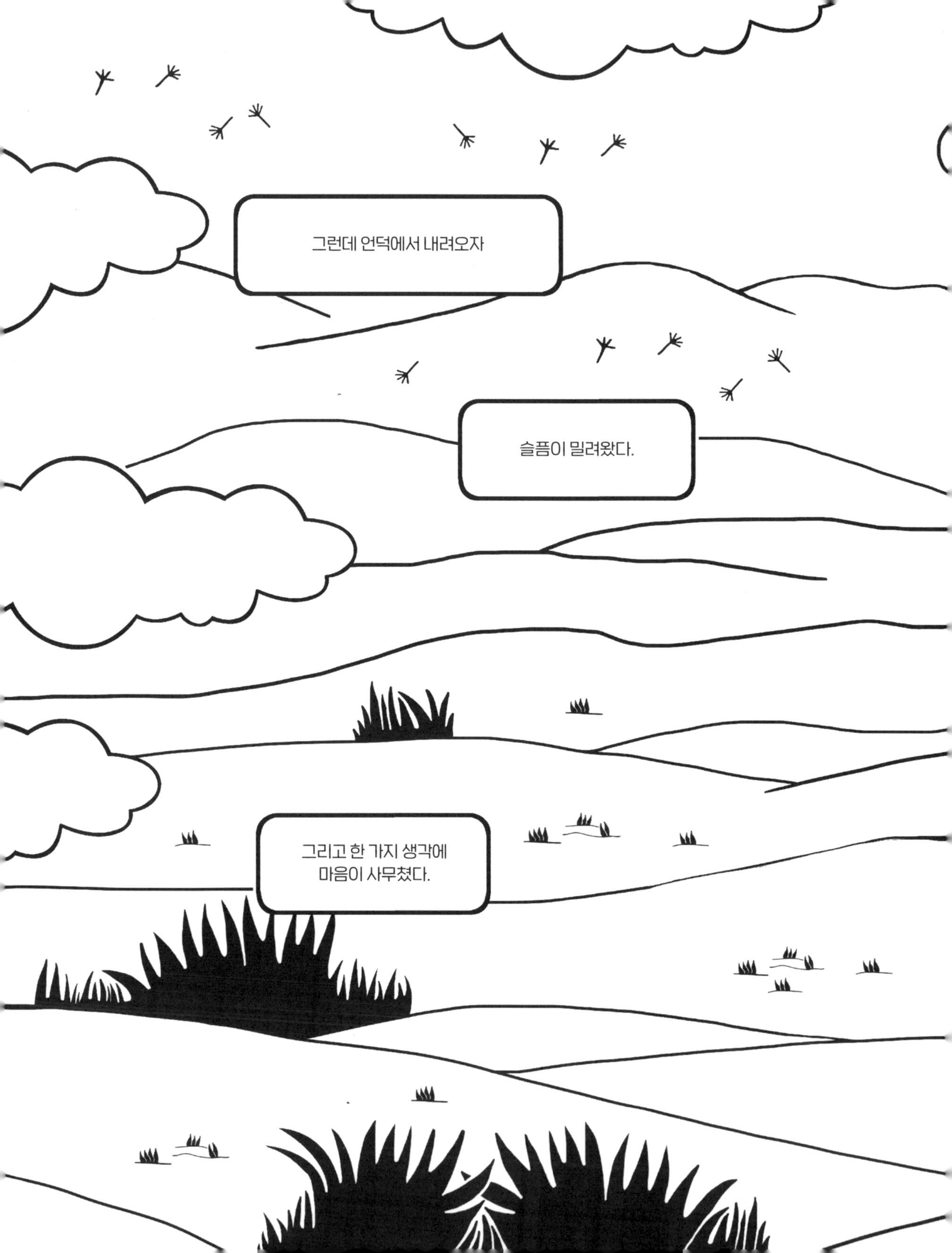

그런데 언덕에서 내려오자
슬픔이 밀려왔다.
그리고 한 가지 생각에
마음이 사무쳤다.

내가 어찌 슬퍼하지 않고
거리낌 없이 떠날 수 있단 말인가?

그럴 순 없다.

영혼에 생채기 하나 나지 않고
이곳을 떠날 수는 없으리라.

이곳에서 얼마나 긴 고통의 날들과
얼마나 긴 고독한 밤들을 보냈던가.

자기 고통과 고독을 훌훌 털고 떠날 수 있는 이,
누구인가?

너무나 많은 내 영혼의 편린들이
이 거리 여기저기에 흩어져 있고,

너무나 많은 내 열망의 소산들이 벌거벗은 채
이 언덕 저 언덕을 거닐고 있으니,

마음의 짐을 벗어던지고 아픔 없이
그것들과 멀어질 수 없으리라.

오늘 내가 벗는 것은 한갓 옷이 아니라 내 두 손으로 벗겨내는 살갗.
또한 내가 두고 가는 것은 한갓 생각이 아니라 허기와 갈증으로 온유해진 마음.
그렇지만
더는 미적거릴 수 없다.

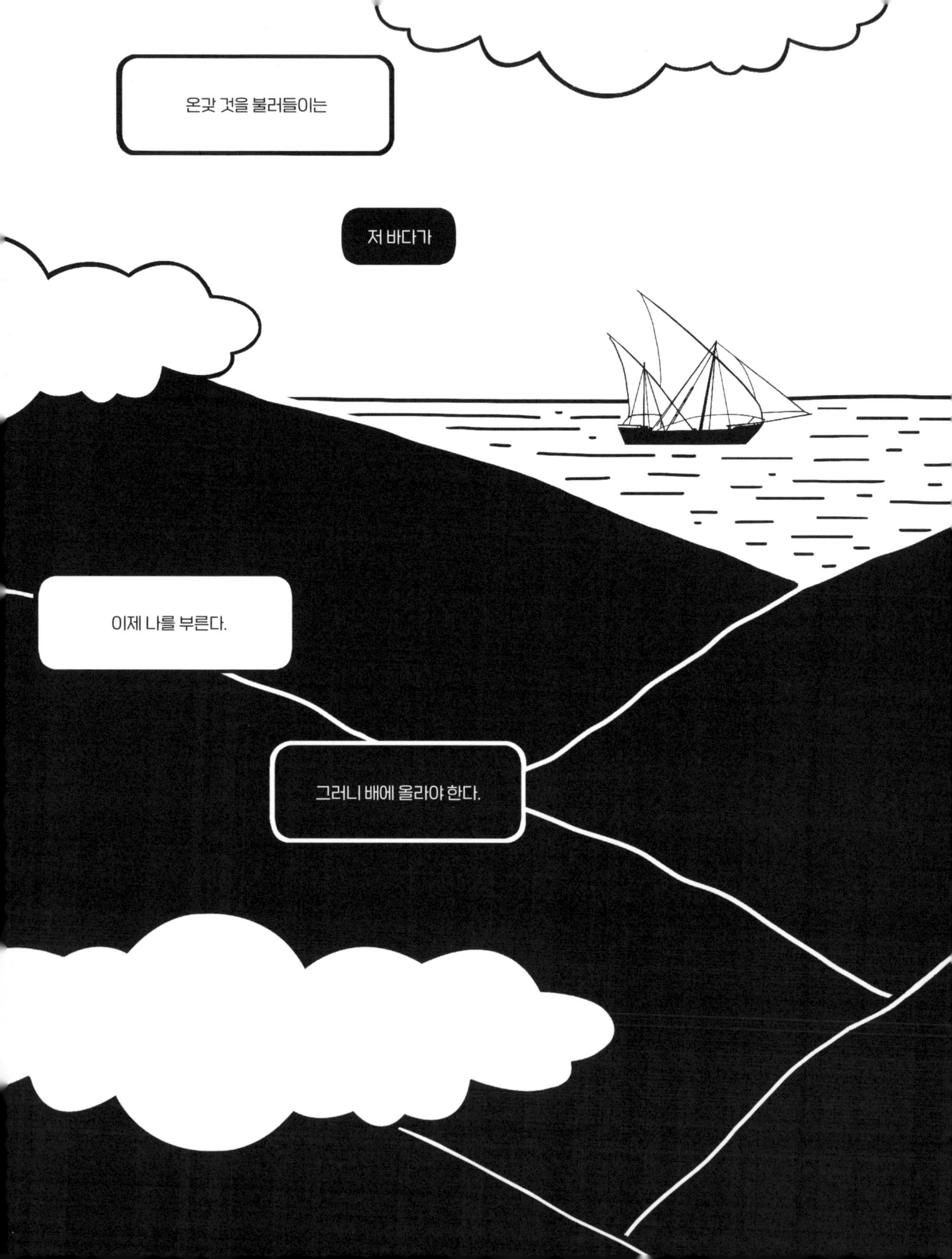

온갖 것을 불러들이는
저 바다가
이제 나를 부른다.
그러니 배에 올라야 한다.

머무른다는 것, 그것은 비록
밤이면 시간이 타오른다 해도

결국 꽁꽁 얼어붙어

완전히 굳어져

틀 안에서 꼼짝할 수 없는 것이기에.

여기 있는 모든 것을 가져가고 싶다.
하지만 어떻게?

목소리는 자기에게 날개를 달아 준 혀와 입술까지 데려갈 수는 없는 법.
목소리 홀로 창공에 가닿아야 한다.
독수리가 홀로 둥우리를 떠나 저 먼 태양 너머로 날아가듯이.

언덕 기슭에 다다라,
그는 다시 바다 쪽으로 돌아섰다.
그러자 배가 항구 가까이로 오는 것이 보였다.
그의 고향 사람들인
선원들을 뱃머리에 실은 배가.

그는 온 마음을 다해
그들을 향해 외쳤다.

태곳적 내 어머니의 아들들이여,

파도의 기사들이여,

그토록 자주 내 꿈속에서
항해하던 그대들이

지금 내가 깨어 있는데도
여기에 있으니

이것은 더없이 깊은
나의 꿈이런가.

나는 떠날 채비를 마쳤다.
돛을 활짝 펴고 이제나저제나 바람이 불어오기만을 기다리고 있다.
이 잔잔한 대기 속에서 마지막 숨 한번 내쉬면,
뒤돌아서 마지막 애틋한 눈길을 보내면,

나는 그대 뱃사람들 틈에
그저 뱃사람으로
서 있게 되리라.

그리고 드넓은 바다여, 슬픔을 잠재우는 어머니시여,
그대만이 강과 개울의 평화이자 자유이시라.
이 굽이도는 물결을 마지막으로 지나, 숲 속 빈터에서 마지막 속삭임을 듣고 나면,
나는 그대를 다시 만나리라.

한없이 너른 바다에
한없이 작은 물방울 하나가 되어.

걷고 있는 그의 눈에
한 무리의 여자들과 남자들이 보였다.

그들은 들판과 포도밭에서 하던 일을 내팽개치고

헐레벌떡 성문 쪽으로
달려오고 있었다.

그는 그들의 목소리가
자신의 이름을 부르는 것을,

이 들판에서 저 들판으로
서로에게 배가 왔다고
알리는 것을 들었다.

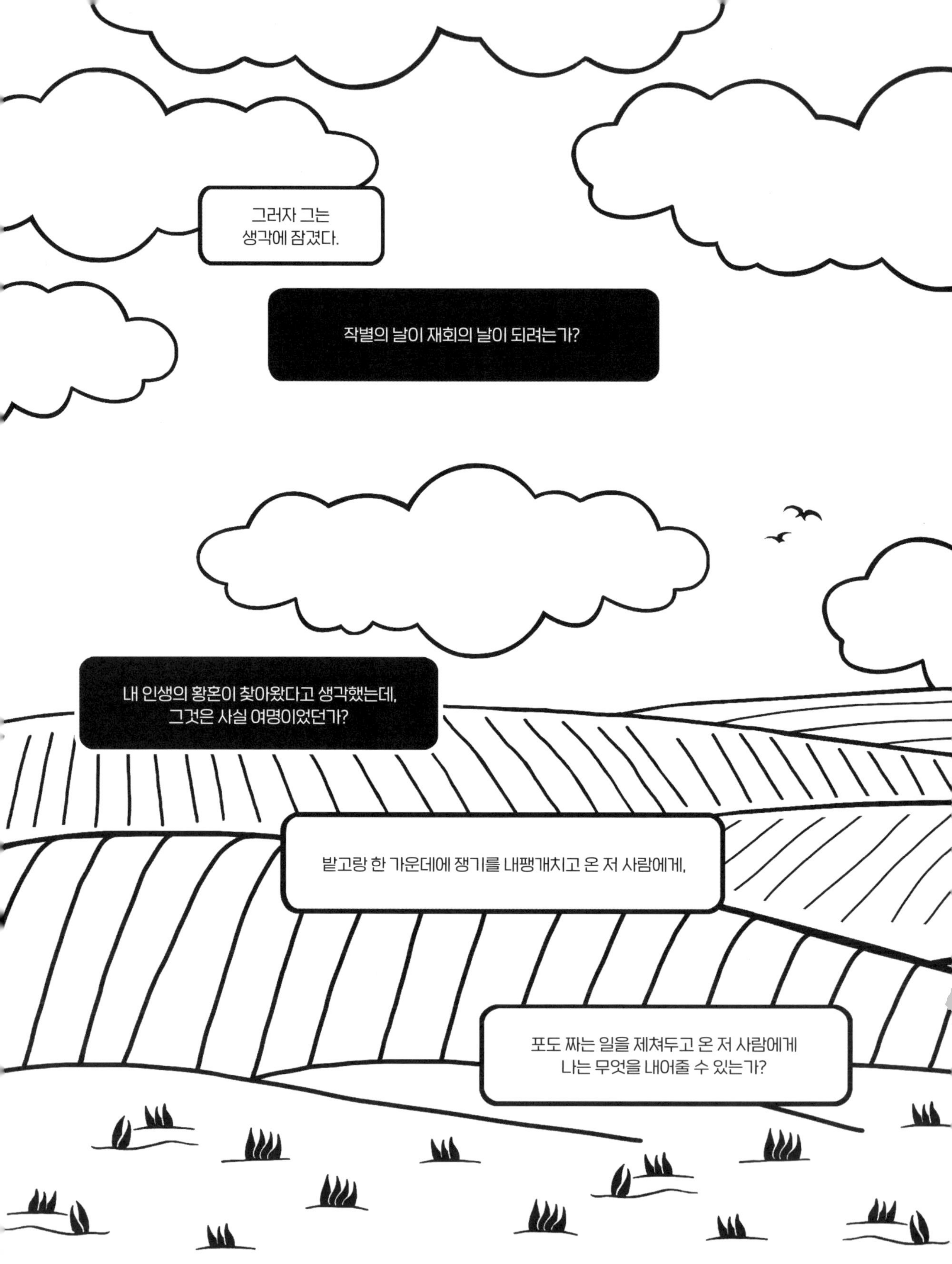

그러자 그는
생각에 잠겼다.

작별의 날이 재회의 날이 되려는가?

내 인생의 황혼이 찾아왔다고 생각했는데,
그것은 사실 여명이었던가?

밭고랑 한 가운데에 쟁기를 내팽개치고 온 저 사람에게,

포도 짜는 일을 제쳐두고 온 저 사람에게
나는 무엇을 내어줄 수 있는가?

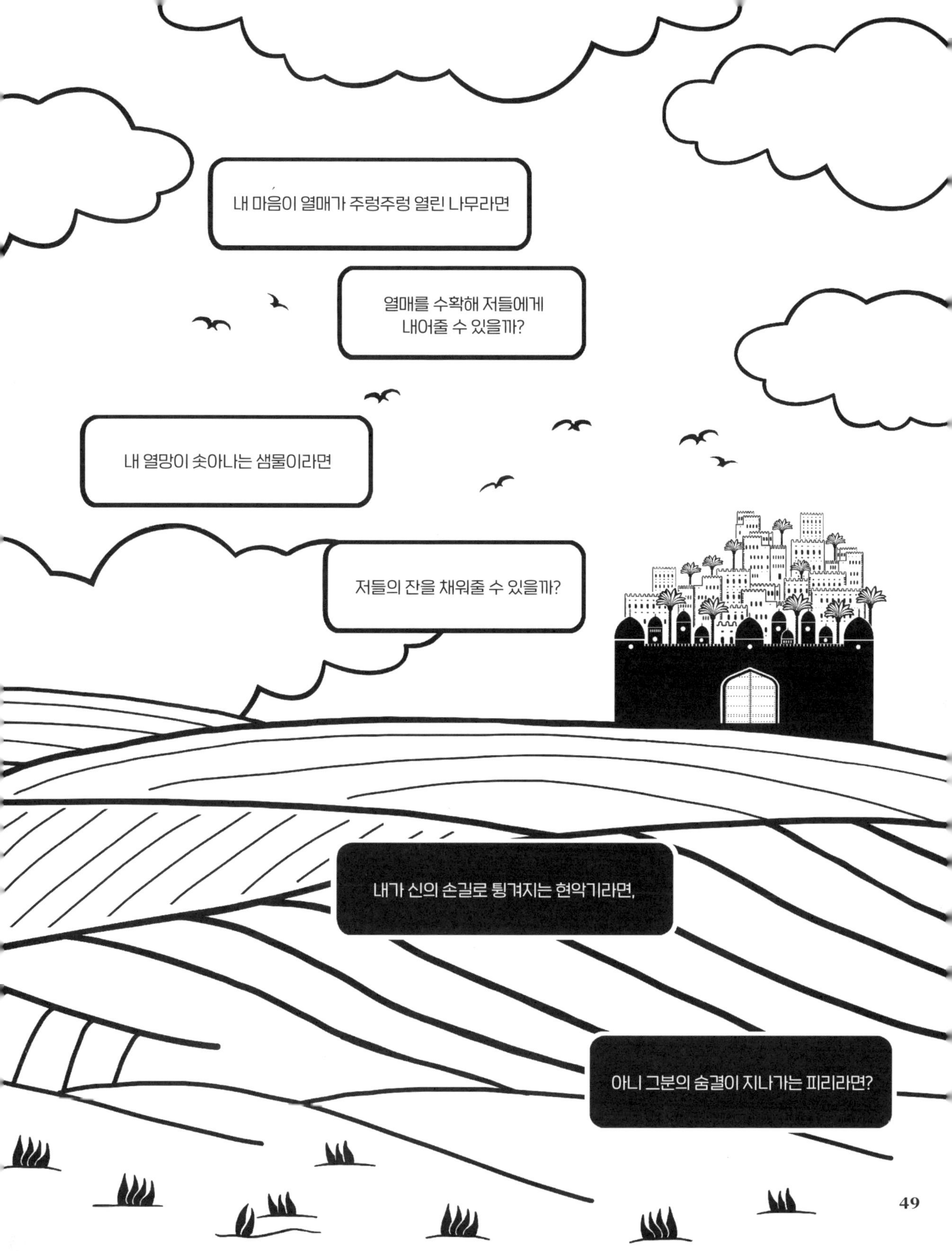

내 마음이 열매가 주렁주렁 열린 나무라면
열매를 수확해 저들에게 내어줄 수 있을까?
내 열망이 솟아나는 샘물이라면
저들의 잔을 채워줄 수 있을까?
내가 신의 손길로 튕겨지는 현악기라면,
아니 그분의 숨결이 지나가는 피리라면?

침묵을 구하는 자,
그게 바로 나인 것을.
그러면 나는 이 침묵 속에서 저들에게 자신 있게 내어줄
그 어떤 보물을 발견했는가?
오늘이 내가 수확하는 날이라면,
나는 어떤 들판에
그 어떤 기억나지 않는 계절에 씨앗을 뿌렸는가?

이제 내가 등불을 켤 시간이라 해도,

그 안에서 타오르는 불꽃은
내 것이 아니니,

나의 등불은 텅 비고
어두우리라.

밤의 파수꾼이 기름을 채우고

등불을 밝히지
않는다면.

그는 이런 말들을 읊조렸다.

허나 여전히 많은 것들이
그의 마음속에 침잠해 있었다.

저 깊이 가라앉아 있는 자신의 비밀을
차마 입 밖에 낼 수는 없었기에.

그가 성 안으로 들어서자

그를 만나러 온 도시 사람들이 한 목소리로 그에게 말했다.

도시의 어른들은
맨 앞으로 걸어 나와 그에게 청했다.

아직 우리를 떠나지 마소서.

우리가 황혼일 때, 당신은 한낮이었고,
당신의 젊음 덕분에 우리가 꿈을 꿀 수 있었으니,

당신은 우리에게 이방인도, 손님도 아닌,

우리의 아들이요,
사랑해 마지않는 이.

이제 당신 얼굴을 보지 못함에 슬픔에 빠질
우리를 헤아려 주소서.

도시의 모든 사제들이 그에게 청했다.

바다의 파도가
우리를 갈라놓게 하지 마소서.

당신과 함께 보낸
우리의 시간들이

한낱 추억이 되게 하지 마소서.

당신은 하나의 영혼으로서 우리 사이에서 거닐었고, 당신의 그림자는 우리 얼굴을 환하게 밝혀주었습니다.
우리는 당신을 깊이 사랑했습니다. 다만 그 사랑이 고요하여 드러나지 않았을 뿐.
허나 이제 그 사랑이 당신 앞에 떳떳이 나와 당신을 목청껏 부를 것입니다.
늘 그렇듯 사랑이란 작별의 순간이 오기 전까지
그 깊이를 알 수 없으니까요.

또 다른 이들이 그에게 간청했으나,
그는 아무말이 없었다.
그는 다만 고개를 떨구었고, 그의 곁에 서 있던 이들은
그의 가슴 위로 눈물이 떨어지는 것을 보았다.

그는 사람들과 함께 사원 앞에 펼쳐진 너른 자리로 향했다.

그때 사원에서 알미트라라는 여인이 걸어 나왔다.
그 여인은 예언자였다.

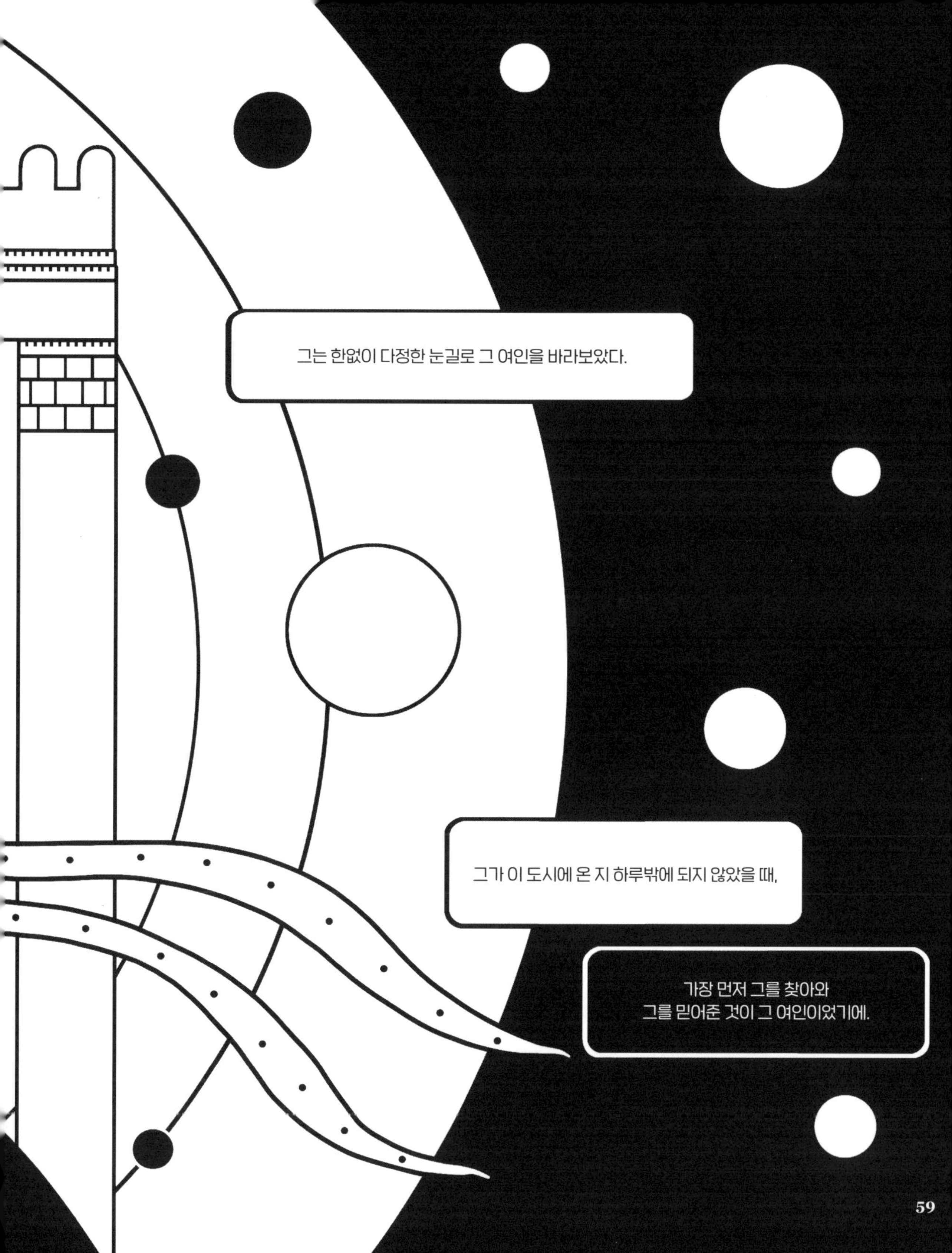

그는 한없이 다정한 눈길로 그 여인을 바라보았다.
그가 이 도시에 온 지 하루밖에 되지 않았을 때,
가장 먼저 그를 찾아와
그를 믿어준 것이 그 여인이었기에.

알미트라는 그에게 반갑게 인사를 건넸다.

신의 예언자시여,

온전함을 추구하시는 이여,

당신은 당신을 데려다 줄 배가 오기를 기다리며 하염없이 저 지평선을 바라봤습니다.

이제 배가 왔으니

떠나셔야 하겠지요.

당신 기억 속에 있는 나라,
당신의 더 큰 열망이 있는

그 땅에 대한 당신의 그리움이
그토록 절절하니

우리는 사랑한다는 이유로
당신을 구속하지도,

필요하다는 이유로
당신을 붙잡지도 않겠습니다.

다만 이렇게 간청하니, 떠나기 전에 당신이 깨우친 진리를 가르쳐 주소서.
그러면 우리는 그 진리를 우리 아이들에게 전하고
그 아이들은 또 자기 아이들에게 전해
그 진리가 결코 사라지지 않게 할 것입니다.

당신은 고요하게 우리의 하루하루를 지켜보았고,
우리가 잠을 자면서 울고 웃을 때, 홀로 깨어 우리의 소리에 귀 기울였습니다.
그러니 이제 이 세상에 존재하는 것에 대해 당신이 알고 있는 모든 것을 우리에게 알려주소서.
탄생에서 죽음에 이르는 모든 것들에 대해서.

그러자 그가 대답했다.
오르팔레즈 사람들이여,

내가 무엇을 더 말해줄 수 있겠는가,
지금 그대 영혼 속에서
움직이고 있는 게 아니라면.

그때 알미트라가 말했다.
말씀해 주소서.

사랑에 대해서
그는 고개를 들어
사람들을 바라보았다.
사람들 위로
무거운 침묵이 감돌았다.
이윽고 그가 큰 소리로 말했다.
사랑이 그대에게
손짓하거든
그것을 따르라.

비록 그 길이
험난하고 고될지라도.

또한 사랑의 날개가 그대를 감싸안거든,
온몸을 내맡기라.

그 깃털 안에 숨겨진 칼날이
그대에게 상처를 입힐지라도.

사랑이 그대에게 말을 하거든, 그 말을 믿으라.

그 목소리가 정원을 폐허로 만드는 북풍처럼
그대의 꿈을 산산조각 내더라도.

사랑은 그대에게 왕관을 씌워주지만, 또한 그대를 십자가에
못 박기도 하는 것. 사랑은 그대가 뻗어나갈 수 있게 하지만,
또한 그대의 가지를 잘라버리기도 하는 것.
사랑은 그대의 가장 높은 곳에 올라 태양 아래
흔들리는 그대의 가장 여린 가지를 어루만져 주지만
또한 그대의 가장 깊은 곳까지 내려가 대지에 꼭 붙어있는
그대의 뿌리를 흔들어대기도 하는 것.

사랑은 그대를 수확해 짚단을 묶고
그대를 타작해 껍질을 벗기고
그대를 키질해 껍질을 터는 것.
또한 사랑은 그대를 갈아 하얀 밀가루로 만들어
부드러워질 때까지 그대를 반죽하는 것.
그리고 사랑은 자신의 신성한 불 위에 그대를 올려 신을 위한 성찬에 올릴 거룩한 빵으로 만드는 것.

사랑은 이 모든 것들을 그대에게 행하니,
그대는 그대 마음속의 비밀을 깨닫고
그리하여
생명의 마음
한 조각이
될 수 있도록 하라.

그런데 그대가 두렵다는 이유로 사랑의 평온함과
사랑의 기쁨만을 좇는다면,
그대는 발가벗겨진 그대의 몸을 가리고
사랑의 탈곡장을 떠나는 편이 낫다.
그리고 계절이 없는 세상으로 가라.
웃어도 웃는 게 아니고
울어도 우는 게 아닌,
그런 세상으로.

사랑은 사랑이 아니라면 다른 어떤 것도 주지 않으며, 사랑이 아니라면 다른 어떤 것도 받지 않는다.
사랑은 아무것도 소유하지 않으며, 소유되지도 않는다.
사랑은 사랑 그 자체로 모자람이 없기에.

사랑을 할 때 그대는

'신께서 내 마음 안에
계시다'라고

말하지 말고

'나는 신의 마음 안에
있다'라고 말하라.

그대는 그대가 사랑의 행로를 정할 수
있다고 생각지 마라.

그대가 사랑할 수 있는 사람이라면,
사랑이 그대의 행로를 정할 것이니.

사랑은 완전해지는 것 말고
다른 어떤 것도 바라지 않노라.

그러나 그대,
사랑을 하면서도

다른 것을
바라게 되거든

다만 이런 것들을
바라라.

밤새 멜로디를 흥얼거리는
시냇물처럼

하나의 줄기가 되어
흘러가기를.

다정이 지나치면 괴로움이 된다는 것을
깨닫게 되기를.

사랑하여 상처받을 수 있음을
받아들이기를.

그리고 기꺼이

피 흘리는 고통을

감내하기를.

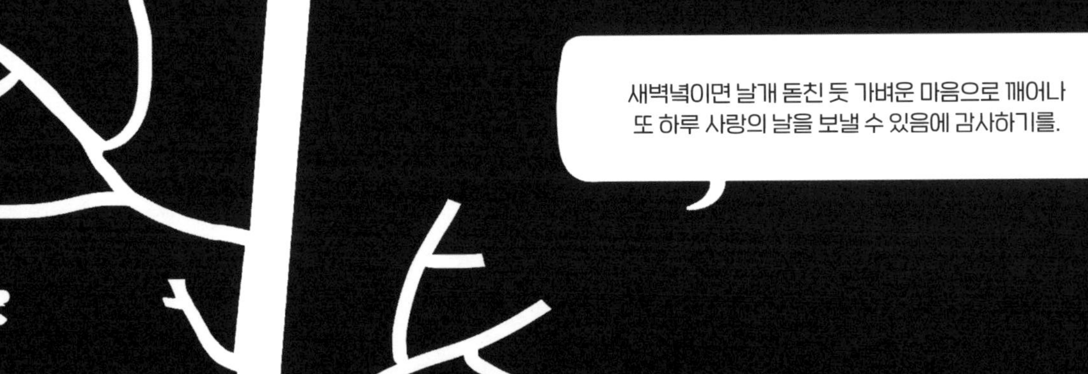

새벽녘이면 날개 돋친 듯 가벼운 마음으로 깨어나
또 하루 사랑의 날을 보낼 수 있음에 감사하기를.

한낮이면 한가로이 쉬며
사랑의 황홀함을 깊이 묵상하기를.

저녁이면 감사하는 마음으로
집으로 돌아오기를.

그리고 사랑하는 이를 위해 마음속으로는 기도를 드리고
입술로는 은총의 노래를 부르며 잠들기를.

그러자 알미트라가 대답했다.
그럼, 말씀해 주소서.

결혼에 대해서

예언자시여.

그가 대답했다.

그대들은 함께 태어났으니,

영원히 함께 하리라.

죽음의 하얀 날개가
그대들의 세월을
흩어지게 한대도

그대들은 함께 이리라.

그리하여 그대들은 신의 아득한
기억 속에서도 마땅히 함께 하리라.

그러나 그대들은

서로 함께 있되

거리를 두라.

천상의 바람이
그대들
사이에서
춤출 수 있도록.
서로 사랑하되
그대의 사랑이 속박이 되게 하지 마라.
그보다 사랑이
그대들 두 영혼의 해변 사이에서
넘실대는 바다가 되게 하라.

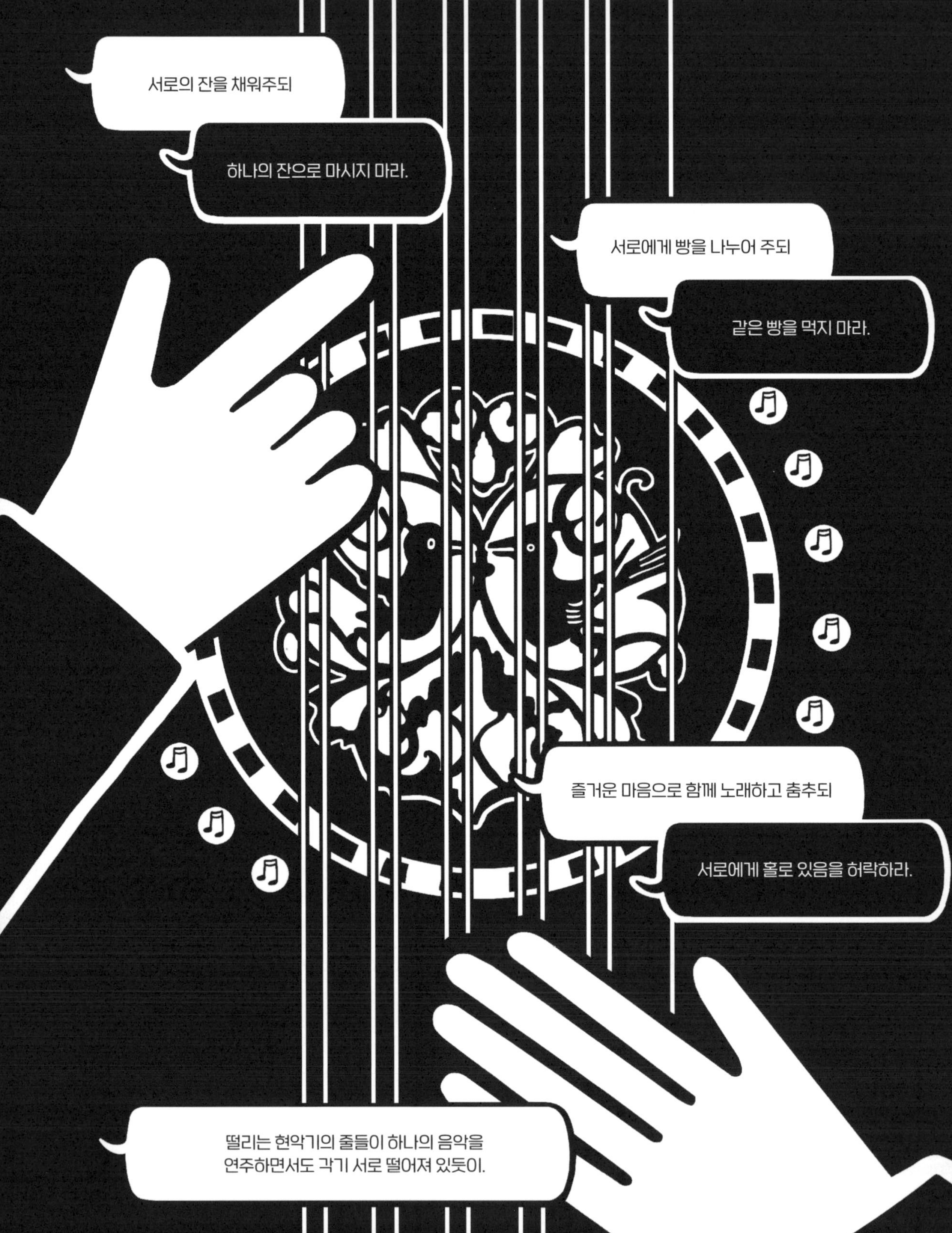

서로의 잔을 채워주되
하나의 잔으로 마시지 마라.
서로에게 빵을 나누어 주되
같은 빵을 먹지 마라.
즐거운 마음으로 함께 노래하고 춤추되
서로에게 홀로 있음을 허락하라.
떨리는 현악기의 줄들이 하나의 음악을
연주하면서도 각기 서로 떨어져 있듯이.

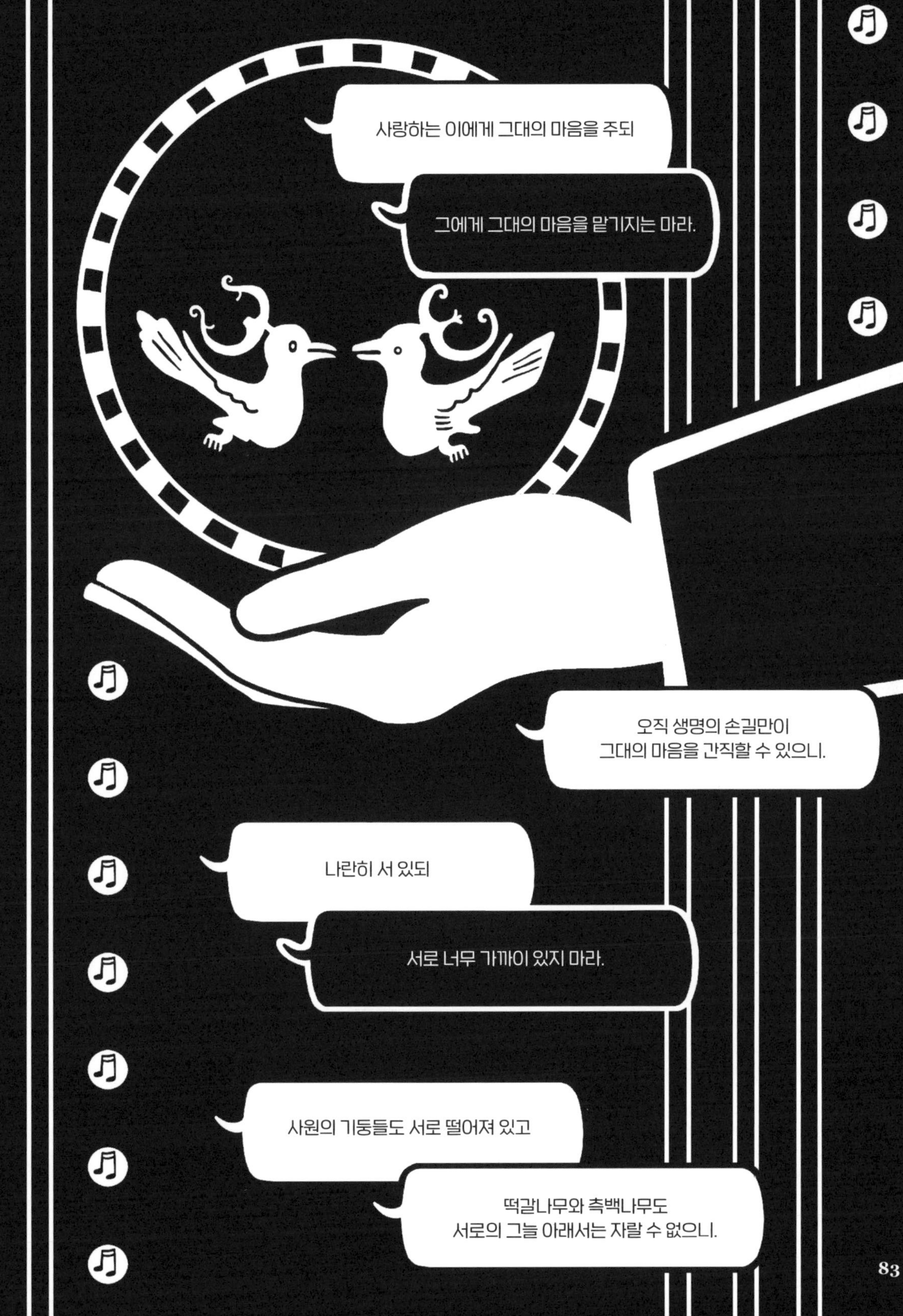

사랑하는 이에게 그대의 마음을 주되
그에게 그대의 마음을 맡기지는 마라.
오직 생명의 손길만이
그대의 마음을 간직할 수 있으니.
나란히 서 있되
서로 너무 가까이 있지 마라.
사원의 기둥들도 서로 떨어져 있고
떡갈나무와 측백나무도
서로의 그늘 아래서는 자랄 수 없으니.

그때 품에 아기를 안고 있던
한 여인이 말했다.

말씀해 주소서.

자녀에 대해서

그가 말했다.

그대의 자녀는 그대의 자녀가 아니다.

자녀란 생명의 열망에서 시작된
아들과 딸로서

그대를 통해서 온 것뿐,
그대에게서 온 것이 아니며,

그대와 함께 있다 해도,
그대의 것이 아니다.

그대는 아이들에게 사랑을 주되,
그대의 생각까지 주려고 하지 마라.
아이들도 자신들만의 생각이 있으니.
그대는 아이들에게 육신의 집을 주되,
영혼의 집까지 주려 하지 마라.
아이들의 영혼은
내일의 집에 살고 있고,
그대는 꿈에서라도
그곳을 찾아갈 수 없으니.

그대는 아이들을 닮으려고 노력하되
아이들에게 자신을
닮으라고 강요하지 마라.
생은 뒤로 물러나지도,
과거에 머물러 있지도 않기에.

그대는 살아있는 화살 같은
그대의 아이들을 날려 보내는 활.

그대라는 활을 쏘는 신은
무한한 길 위에 놓인 과녁을 보고

온 힘을 다해 그대를
당겨 구부리리라.

화살이 저 멀리 곧장 날아갈 수 있도록.

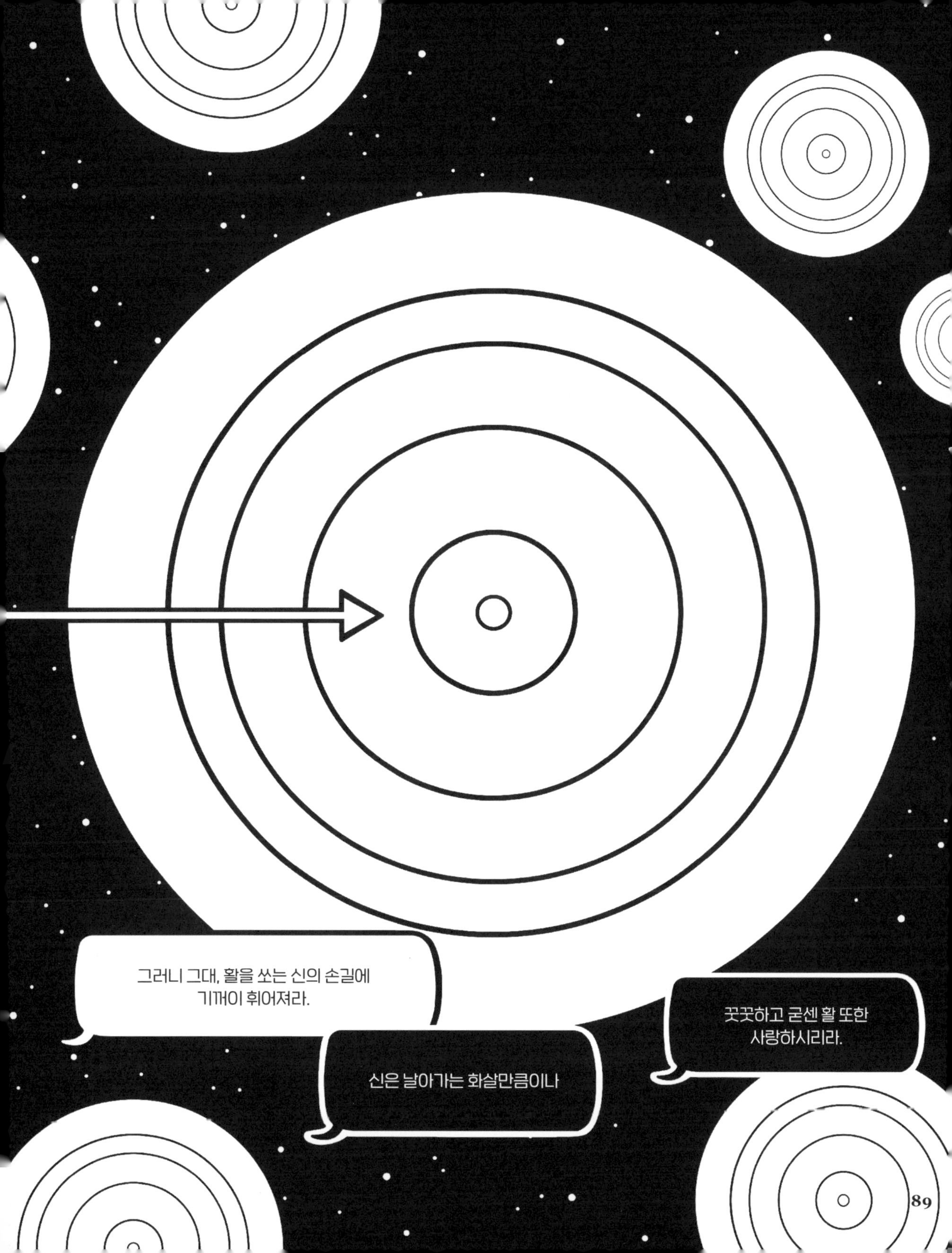

그러니 그대, 활을 쏘는 신의 손길에 기꺼이 휘어져라.
신은 날아가는 화살만큼이나
꼿꼿하고 굳센 활 또한 사랑하시리라.

그때 한 부자가 말했다.
말씀해 주소서.

베풂에 대해서
그가 대답했다.
그대가 그대의 재물을 베푼다면 그것은 조금 베푸는 것이다.
그대가 그대 자신을 내어주는 것, 그것이 진정한 베풂이다.
그대의 재물이란 무엇인가?
내일 필요할 것을 염려해 꼭 틀어쥐고 있는 것이 아닌가?

지나치게 걱정이 많은 개가 성지를 향해 가는
순례자들을 따라가면서
어딘지 찾지도 못할 모래밭에
뼈다귀를 숨겨둔다 한들,
내일이 되면 무슨 소용인가?
곤궁한 처지가 될까 봐 전전긍긍하는 것,
그것이야말로 구차한 것이 아니겠는가?
그대의 우물이 가득 차 있는데도
목마름을 염려하는 것, 그것이야말로
영원히 해갈되지 않을 목마름이 아니겠는가?
세상에는 많이 가졌으나
조금 내어주는 이들이 있다.
인정받고 싶다는 욕망을
뒤에 숨긴 베풂은 비루할 뿐이다.

반대로 가진 것이 별로 없으면서도
자기의 모든 것을 내어주는 이들이 있다.

생을 믿고, 생이 너그럽게 베풀어 줄 것을 믿는
그들의 금고는 결코 마르지 않는다.

또한 세상에는 기쁜 마음으로
베푸는 이들이 있으니,

바로 그 기쁨이
그들이 받는 보상이다.

또한 고통 속에서도
베푸는 이들이 있으니,

바로 그 고통이
그들이 받는 세례다.

또한 흔쾌히 베푸는 이들이 있으니,
그들은 베풀면서 기쁨을 구하지 않고
선행을 하고 있다는
의식조차 하지 않는다.
그들은 저 아래 골짜기에 있는
은매화 나무가 향기를
퍼뜨리듯 베푼다.
그리하여 신은 그들의 손으로 말하고,
그들의 눈으로 대지를 향해 미소 지으신다.

부탁을 받고 베푸는 것은
좋은 일이다.

그러나 타인이 필요로 하는 것을 눈치채고

부탁하기도 전에 베푸는 것은
더 좋은 일이다.

아낌없이 베푸는 자는
도움을 필요로 하는 자를 알아보는 일을,

베푸는 일보다 훨씬 더
기꺼워한다.

그대는 무엇을 간직하려 하는가?
언젠가는 그대가 가진 전부를 내놓아야 하거늘.
그러니 지금, 그대가 할 수 있을 때 베풀어라.
그대 뒤에 오는 이들이 그 일을 대신 떠맡지 않도록.

그대는 자주 이렇게 말한다.
나는 베풀고자 한다.
단 받을 자격이 있는 이들에게만.
그러나 그대 과수원의 나무들이나
그대 목장의 가축들은 그러지 않는다.
그것들은 살기 위해 베푼다.
생이란 움켜쥐려 할수록
빠져나가는 것.
낮과 밤을 누릴만한 사람이라면,
그대에게서 무엇이든 받을 자격이 있다.
생명의 바다에서 물을 떠 마실 만한
사람이라면,
그대의 개울가에서 잔을 채울
자격이 있다.
용기와 믿음, 그리고 받을 줄 아는 미덕이 있다면,
이보다 더 훌륭한 지격이 필요히겠는기?

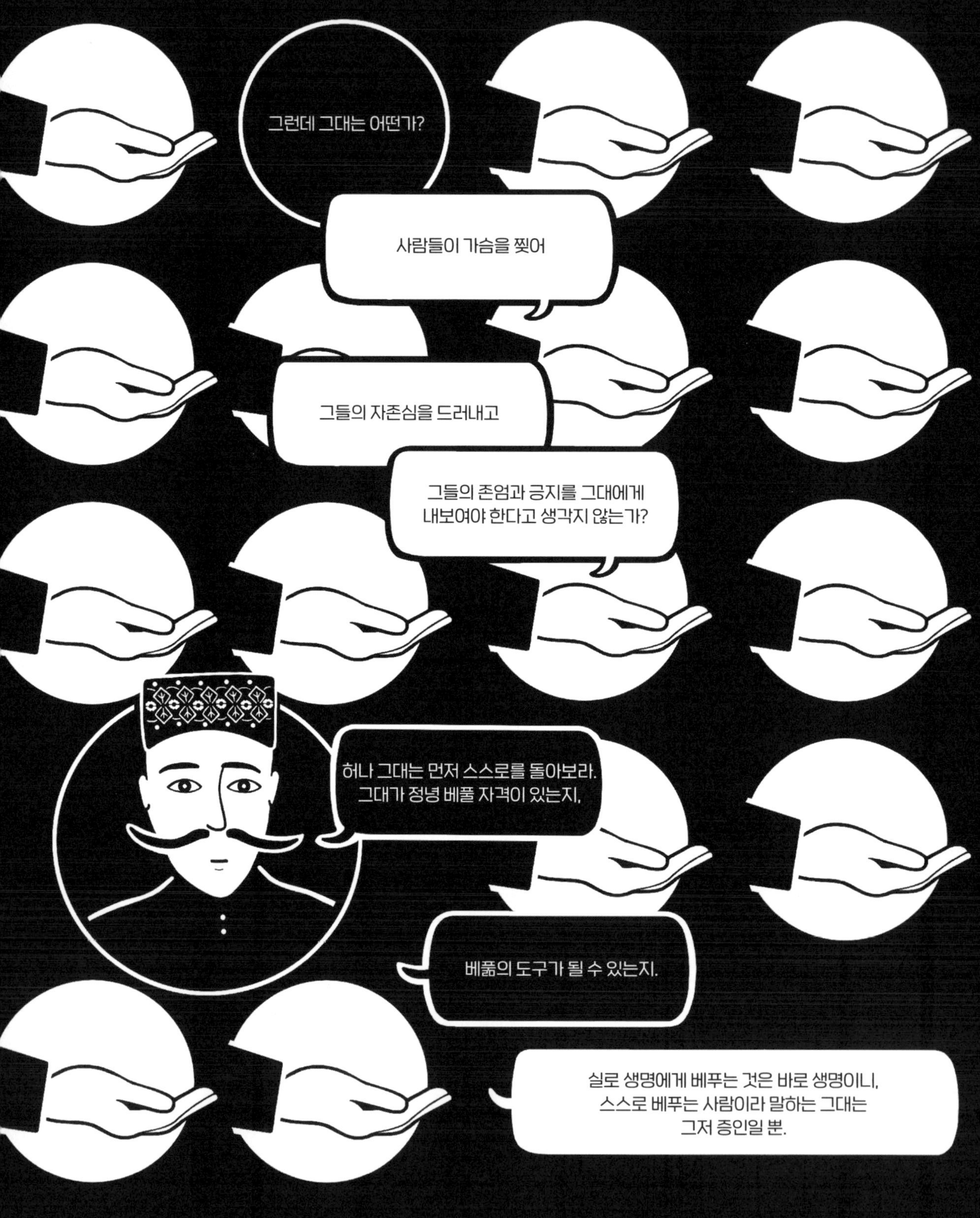
그런데 그대는 어떤가?
사람들이 가슴을 찢어
그들의 자존심을 드러내고
그들의 존엄과 긍지를 그대에게
내보여야 한다고 생각지 않는가?
허나 그대는 먼저 스스로를 돌아보라.
그대가 정녕 베풀 자격이 있는지,
베풂의 도구가 될 수 있는지.
실로 생명에게 베푸는 것은 바로 생명이니,
스스로 베푸는 사람이라 말하는 그대는
그저 증인일 뿐.

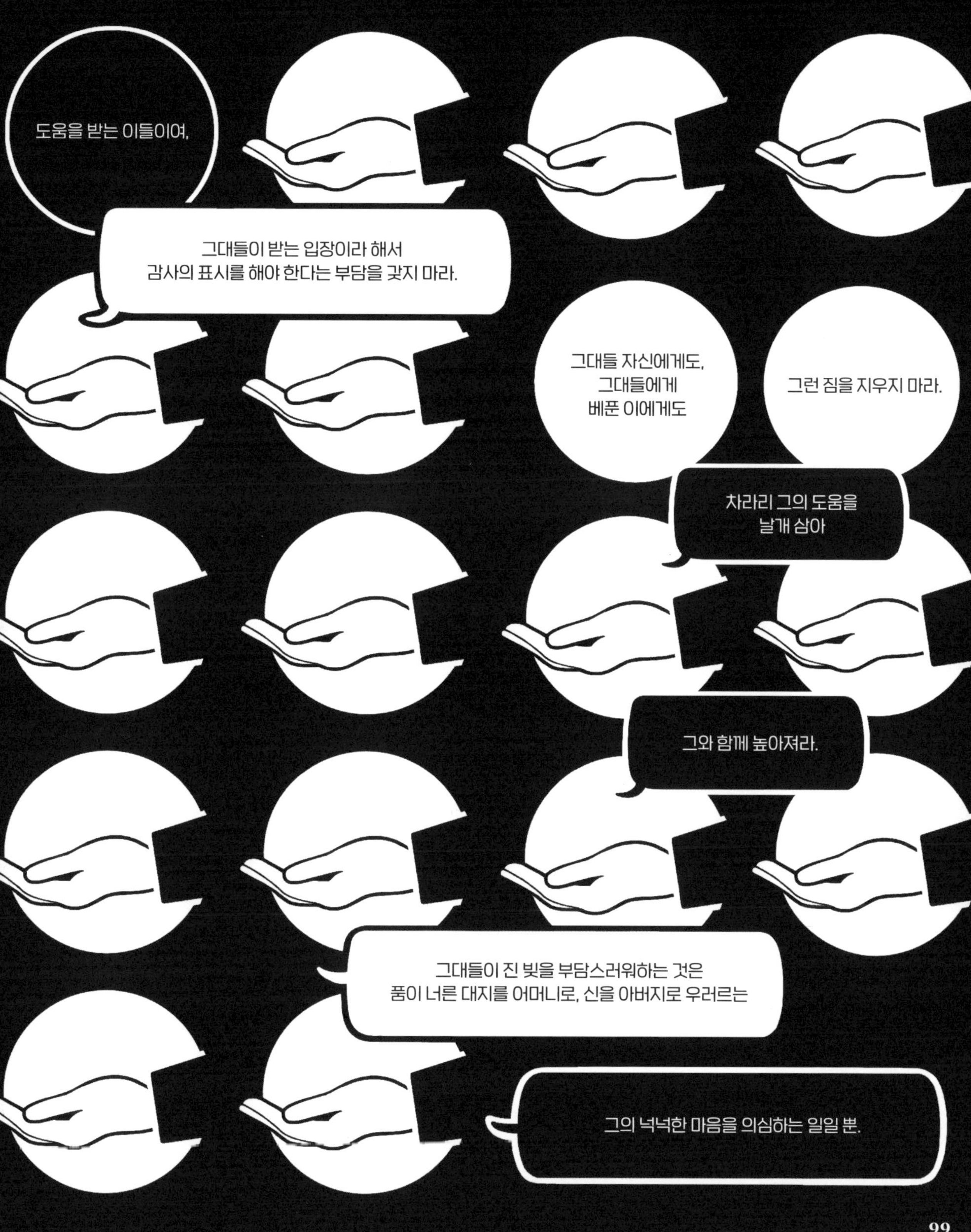

도움을 받는 이들이여,
그대들이 받는 입장이라 해서
감사의 표시를 해야 한다는 부담을 갖지 마라.
그대들 자신에게도,
그대들에게
베푼 이에게도
그런 짐을 지우지 마라.
차라리 그의 도움을
날개 삼아
그와 함께 높아져라.
그대들이 진 빚을 부담스러워하는 것은
품이 너른 대지를 어머니로, 신을 아버지로 우러르는
그의 넉넉한 마음을 의심하는 일일 뿐.

그때 여인숙을 하는 한 노인이 말했다.
말씀해 주소서.

먹고 마시는 일에 대해서
그가 대답했다.
그대가 대지의 향내로만 살 수 있고
뿌리 없는 식물처럼 햇빛만으로 양분을 얻을 수 있다면 좋으련만!
그러나 그대는 먹기 위해 죽여야 하고
목을 축이기 위해 갓난 것에게서 그 어미의 젖을 훔쳐야 하니
그 행위를 신성하게 만들어라.
그대의 식탁을 제단이라 여기고
숲과 평야의 순수하고 순진한 피조물들이
더욱 순수하고 순진한 인간에게 비쳐지게 하리.

동물을 죽일 때는 그대,
마음속으로 이렇게 말하라.
너를 죽이는 바로 그 힘으로 나 역시
죽을 것이며, 나 역시 먹히리라.
너를 내 손에 넘겨준 그 법칙이
더욱 강력한 손에 나를 넘겨줄 것이기에.
너의 피와 나의 피는 그저
천상의 나무를 키우는 수액일 뿐.

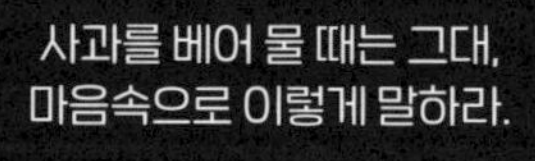

사과를 베어 물 때는 그대,
마음속으로 이렇게 말하라.

네 씨앗이 내 몸속에서
살아갈 것이며

네 새싹은 훗날 내 심장에서 꽃을 피우리라.

그리하여 네 향기는
나의 숨결이 되고

우리는 더불어 모든 계절에
기뻐하리라.

가을이 되어 포도밭에서 포도를 수확해
압착기에 넣을 때는 그대,
마음속으로 이렇게 말하라.
나 역시 한 뙈기 포도밭이며,
나의 포도들도 수확되어 압착기에
넣어지리라.
그리고 새 포도주처럼 나 역시
영원의 항아리에 담기리라.

겨울이 되어 포도주를 꺼내 한 잔씩
따를 때마다 그대, 마음속으로 노래하라.
노래를 부르며 그 가을날들을,
그 포도밭을, 그 압착기를 떠올려라.

그때 한 농부가 말했다.
말씀해 주소서.

노동에 대해서
그가 대답했다.
그대는 저 대지, 그리고 그 혼과 함께 발맞추며 일해야 한다.
게으름을 피운다는 건, 계절에서 멀어지는 일이고
생명의 행렬에서 벗어나는 일이다.
당당하고 의젓하게 순응하며 영원을 향해 가는 그 행렬에서.

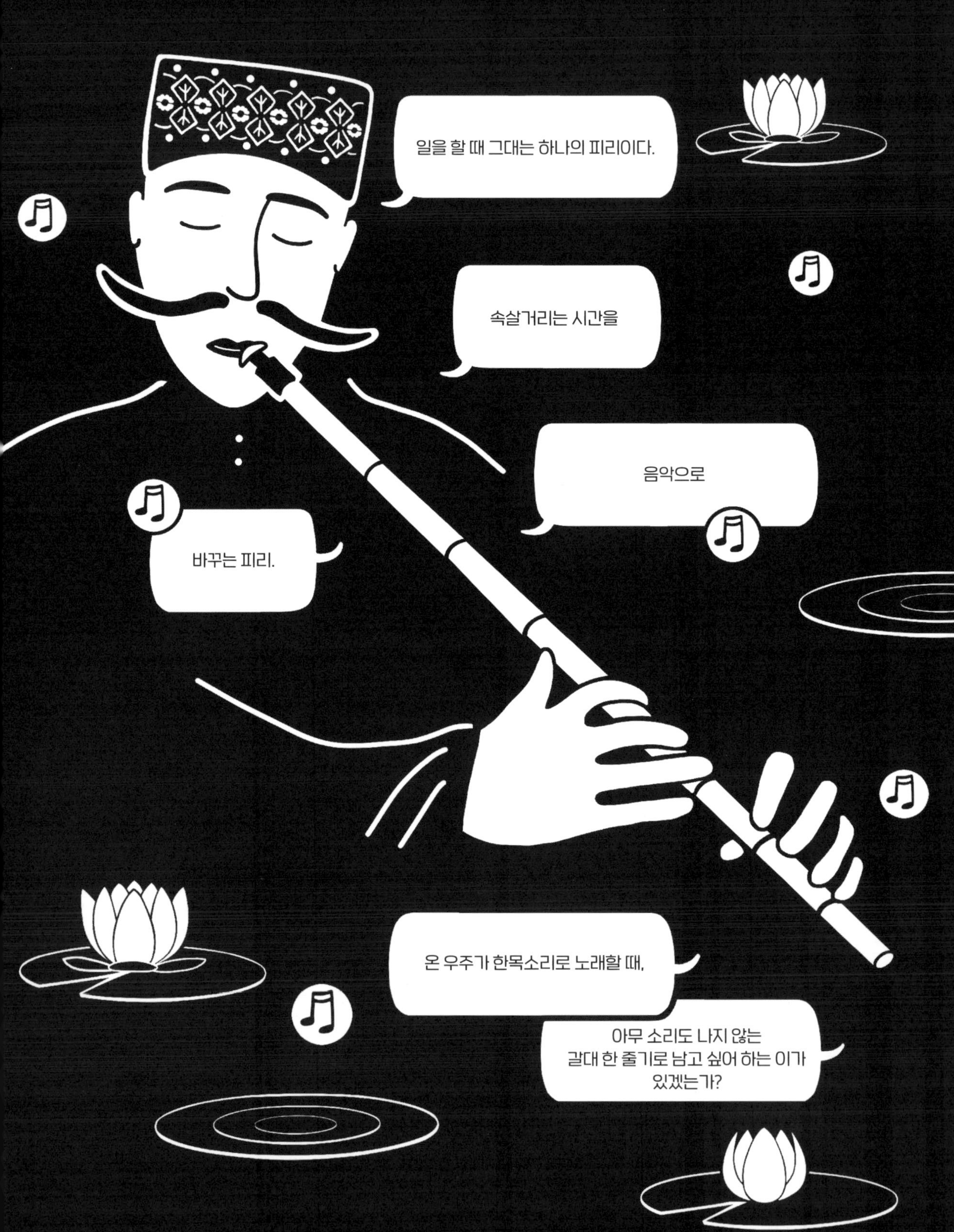

일을 할 때 그대는 하나의 피리이다.

속살거리는 시간을

음악으로

바꾸는 피리.

온 우주가 한목소리로 노래할 때,

아무 소리도 나지 않는
갈대 한 줄기로 남고 싶어 하는 이가
있겠는가?

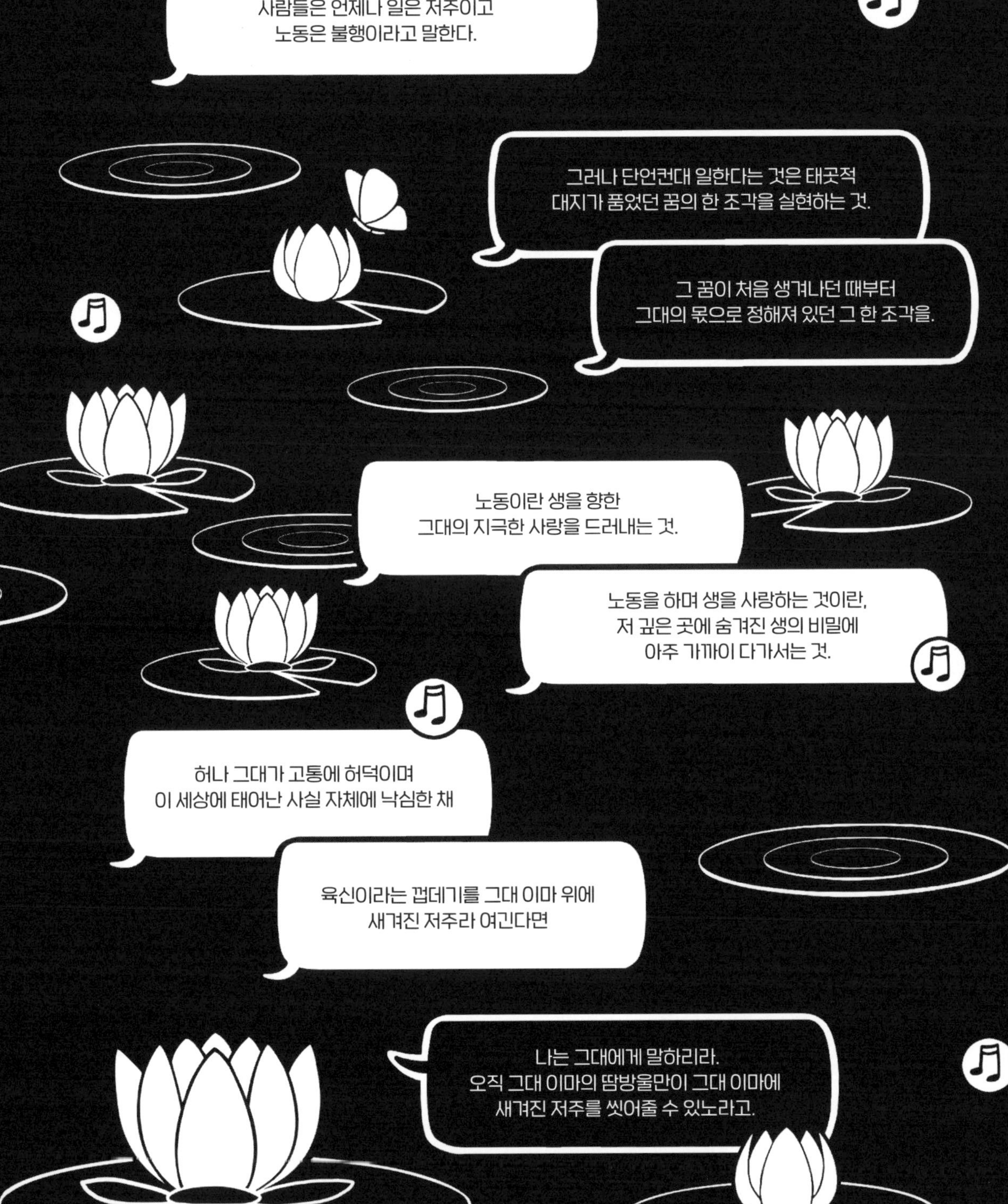

사람들은 언제나 일은 저주이고
노동은 불행이라고 말한다.

그러나 단언컨대 일한다는 것은 태곳적
대지가 품었던 꿈의 한 조각을 실현하는 것.

그 꿈이 처음 생겨나던 때부터
그대의 몫으로 정해져 있던 그 한 조각을.

노동이란 생을 향한
그대의 지극한 사랑을 드러내는 것.

노동을 하며 생을 사랑하는 것이란,
저 깊은 곳에 숨겨진 생의 비밀에
아주 가까이 다가서는 것.

허나 그대가 고통에 허덕이며
이 세상에 태어난 사실 자체에 낙심한 채

육신이라는 껍데기를 그대 이마 위에
새겨진 저주라 여긴다면

나는 그대에게 말하리라.
오직 그대 이마의 땀방울만이 그대 이마에
새겨진 저주를 씻어줄 수 있노라고.

사람들은 생은 어둠이라고 말한다.
고단함에 찌든 그대는 고단한 이들이 하는 말들을 저도 모르게 따라 한다.
그러나 단언컨대 열정 없는 생은 어둠일 뿐이고,
지식 없는 열정은 맹목일 뿐이며,
노동 없는 지식은 헛될 뿐이고,
사랑 없는 노동은 무의미할 뿐이다.

그러므로 그대가
사랑의 마음으로 일할 때
그대는 비로소 그대 자신과
하나가 되고
타인과 하나가 되며
마침내 신과 하나가 되리라.

사랑의 마음으로
일한다는 것은 무엇인가?
그것은 그대 마음에서
자아낸 실로 옷을 짜는 일.
그대가 사랑하는 이가
그 옷을 입기라도 할 것처럼.

그것은 마음을 다해 집을 짓는 일.
그대가 사랑하는 이가
그 집에 살기라도 할 것처럼.
그것은 다정하게 씨앗을 뿌리고,
기쁘게 수확하는 일.
그대가 사랑하는 이가
그 결실을 먹기라도 할 것처럼.
그것은 그대가 빚어내는 모든 것에
그대 영혼의 숨결을 불어넣는 일.
그리하여 신의 가호를 받는 영혼들이
그대 가까이에서 그대를
바라보고 있음을 아는 일.

나는 그대가 마치 잠꼬대를 하듯
이런 말을 하는 것을 종종 들었다.

대리석을 가지고 일하는 이, 돌 속에서
자기 영혼의 모양을 발견하는 이는

땅을 일구는 이보다 고결하다고.

또한 무지개를 가지고 인간의 모습을
화폭에 담아내는 이는

우리 발에 신겨질 신발을 만드는
이보다 훌륭하다고.

그러나 내가 잠꼬대가 아닌
한낮의 맑은 정신으로
말하건대
바람은 크디 큰 떡갈나무라고 해서
작고 여린 풀잎들에게보다
더 부드럽게 말하지 않는다.
그러므로 자신만의 사랑으로
바람의 목소리를
나긋한 노래로 바꾸어 놓는 이는
진정 위대하다.

노동이란 눈으로 볼 수 없는
사랑을 보여주는 것.

사랑의 마음 없이 억지로 일하고 있는 그대여
그대는 차라리 그 일을 그만두고, 사원 문 앞으로 가서
기쁘게 일하는 이들에게 구걸을 하는 편이 나으리라.

무심하게 빵을 굽는 그대여
그대는 사람의 허기를 반밖에
채워 주지 못하는
맛없는 빵을 구우리라.
마지못해 억지로
포도를 짜고 있는 그대여
그대의 싫증은 독이 되어
포도주 속에 서서히 퍼지리라.
천사처럼 노래하면서도
내키지 않는 마음으로 하고 있는 그대여
그대는 사람들의 귀를 어지럽혀
낮의 목소리와 밤의 목소리를
분간할 수 없게 만들리라.

그때 한 여인이 말했다.
말씀해 주소서.
그때 한 여인이 말했다.

기쁨과 슬픔에 대해서
그가 대답했다.
그대의 기쁨은
가면을 벗은 그대의 슬픔이다.
그대의 웃음이
솟아나는 그 우물은
때로 그대의 눈물로
가득했노라.
왜 그렇지 않겠는가?

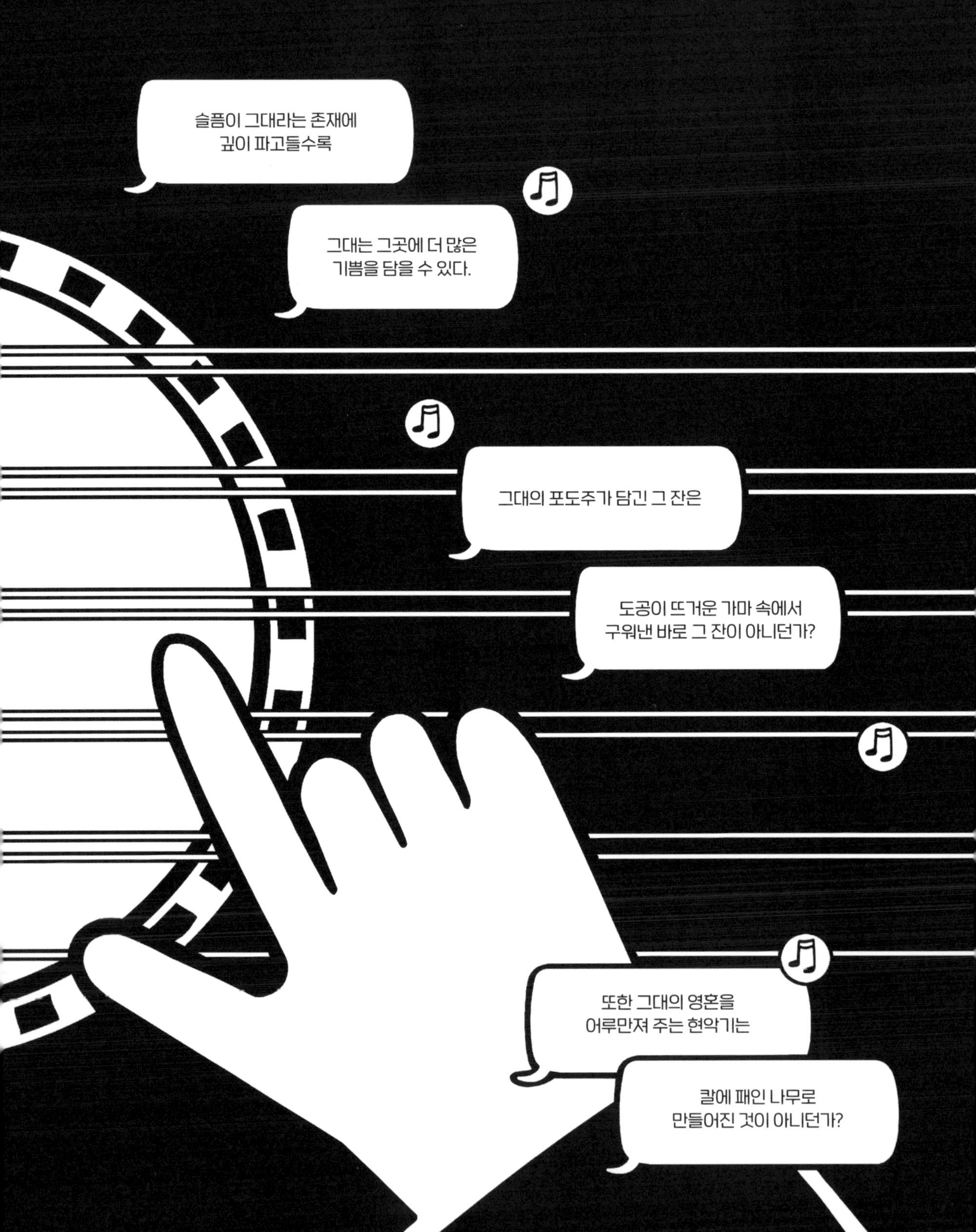

슬픔이 그대라는 존재에
깊이 파고들수록
그대는 그곳에 더 많은
기쁨을 담을 수 있다.
그대의 포도주가 담긴 그 잔은
도공이 뜨거운 가마 속에서
구워낸 바로 그 잔이 아니던가?
또한 그대의 영혼을
어루만져 주는 현악기는
칼에 패인 나무로
만들어진 것이 아니던가?

기쁠 때면 그대 마음속 저 깊은 곳을 들여다보라.
그러면 그대, 깨닫게 되리라. 그대를 슬프게 했던 것이
이제 그대를 기쁘게 한다는 것을.
슬플 때면 그대 마음속을 다시 들여다보라.
그러면 그대, 알게 되리라. 그대를 기쁘게 했던 바로 그것이 이제 그대를 울게 한다는 것을.

그대들 중 어떤 이들은 말한다.
기쁨은 슬픔보다 힘이 세다고.
그리고 또 어떤 이들은 말한다.
아니, 슬픔이 기쁨보다 힘이 세다고.
그러나 단언컨대 기쁨과 슬픔은 서로 떨어질 수 없는 법.
그 둘은 늘 함께 오니,
그대는 기억하라. 둘 중 하나가 그대의 식탁에 앉아 있으면
다른 하나는 그대의 침대에 잠들어 있음을.

실로 그대는 기쁨과 슬픔 사이를 오가는 저울이다.
그렇기에 그대는 텅 비어 있을 때에야 균형을 잡고 흔들리지 않는다.
저 금고지기가 금과 은의 무게를 달기 위해 그대를 들어 올리면,
그대의 기쁨과 슬픔 역시 오르락내리락할 수밖에 없으리라.

그때 한 석공이 나아와 말했다.
말씀해 주소서.

집에 대해서

그가 대답했다.

우선 저 황무지에
상상 속의 오두막을 지으라.

그러고 나서 도시 성벽 안에
진짜 집을 지으라.

해 질 녘이면 그대가 집으로 돌아오듯, 그대 안에 잠들어 있는
방황하는 이, 낯선 이, 고독한 이 또한 돌아올 집이 있어야 하기에.

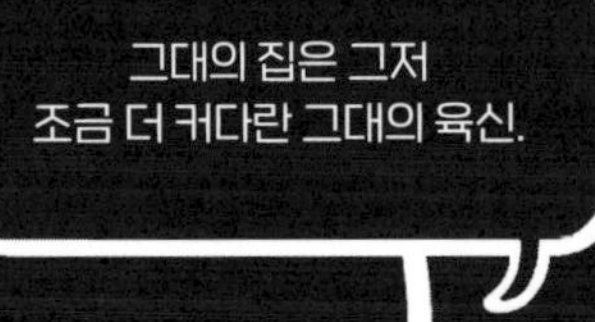

그대의 집은 그저
조금 더 커다란 그대의 육신.

그대의 집은 태양 아래서 성장하고
밤의 평안 속에서 잠든다.
그대의 집은
잠을 자면서 꿈을 꾼다.
꿈꾸는 그대의 집은
도시를 떠나 숲이며 언덕으로 간다.

그대들의 집을 내 두 손에 모아
씨 뿌리는 사람처럼 그대들의 집을
저 숲과 초원에 뿌려줄 수만 있다면.

그리하여 골짜기가 그대들의 거리가 되고,
푸른 잎이 우거진 길들이 그대들의 오솔길이 되어
그대들이 포도밭 사이로
서로를 찾아다니다
그대 옷에 대지의 향기를 잔뜩 머금은 채,
집으로 돌아올 수 있다면.
허나 아직은 그럴 수 없다.

걱정이 많은 그대 조상들은,
그대들을 너무 가까이 모아 놓았다.

그리고 그 걱정은
한동안 계속되리라.

그리하여 그대들의 집은 이 도시의 성벽들에
가로막혀 저 들판에서 멀리 떨어져 있으리라.

그럼 말해 보라,
오르팔레즈 사람들이여.
그대들은 저 집 안에
무엇을 간직하고 있는가?

굳게 걸어 잠근 문 뒤에서
무엇을 지키려 하는가?

그 집에 평화가 있다면,
그것은 그대의 힘을 보여주는 고요한 열정인가?
그 집에 추억이 있다면,
그것은 마음의 저 높은 곳을 이어주는 빛나는 아치문인가?
그 집에 아름다움이 있다면,
그것은 나무와 돌로 지어졌지만 마음을 거룩한 산으로 이끌어주는가?
이제 말해 보라,
이 모든 것이 그디들의 집에 있는가?

그게 아니라면 그 집에는 오직 안락함, 안락함에 대한 열망만이 있는가?
손님으로 그 집에 비집고 들어와
원래 그 집에 살던 것처럼 굴다가
결국 그 집의 주인 행세를 하는 저 불청객 같은 안락함이?
그런 안락함은 이내 조련사가 되어 갈고리와 채찍을 들고
그대의 더 큰 욕망을 제멋대로 조종하리라.

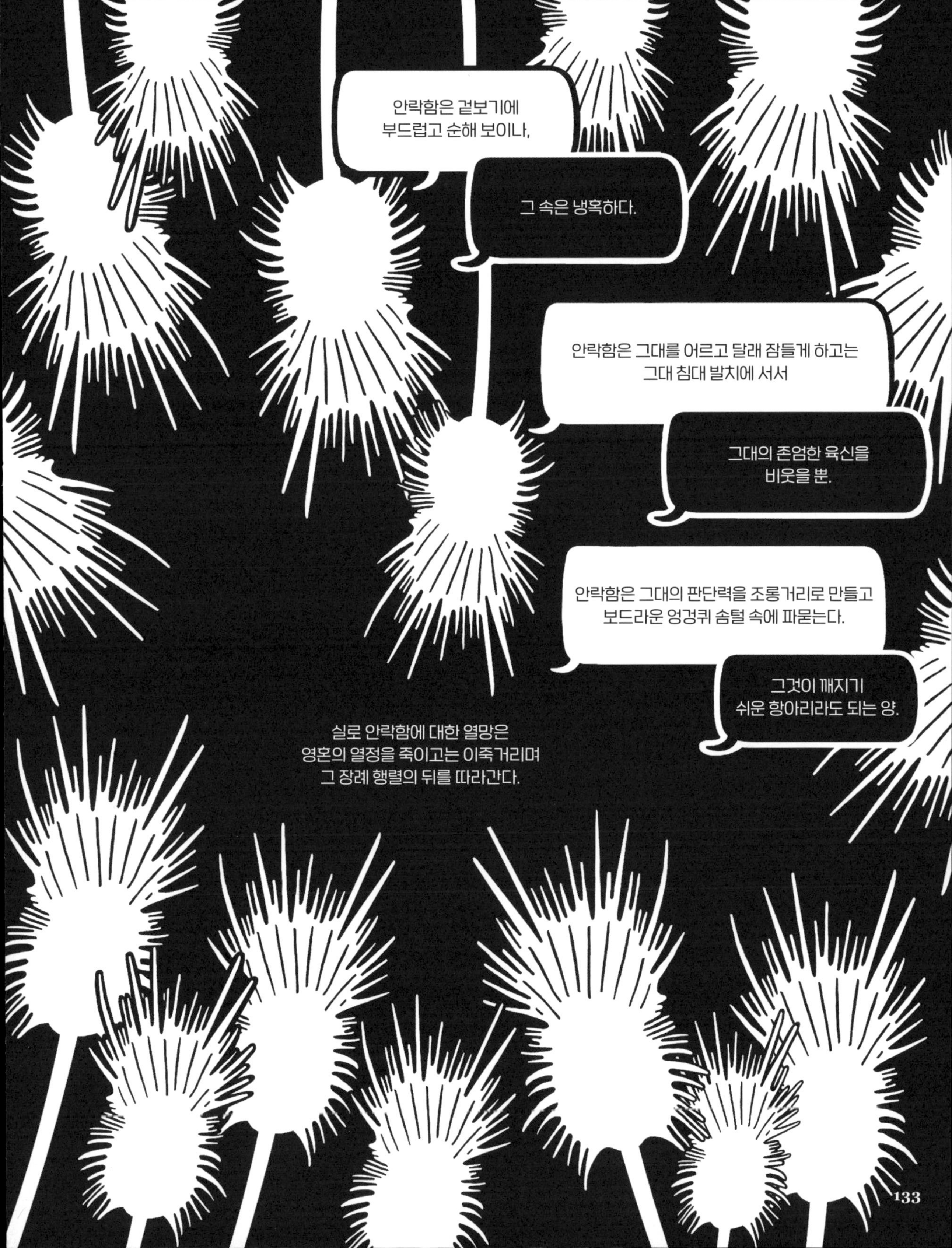

안락함은 겉보기에 부드럽고 순해 보이나,
그 속은 냉혹하다.
안락함은 그대를 어르고 달래 잠들게 하고는 그대 침대 발치에 서서
그대의 존엄한 육신을 비웃을 뿐.
안락함은 그대의 판단력을 조롱거리로 만들고 보드라운 엉겅퀴 솜털 속에 파묻는다.
그것이 깨지기 쉬운 항아리라도 되는 양.
실로 안락함에 대한 열망은 영혼의 열정을 죽이고는 이죽거리며 그 장례 행렬의 뒤를 따라간다.

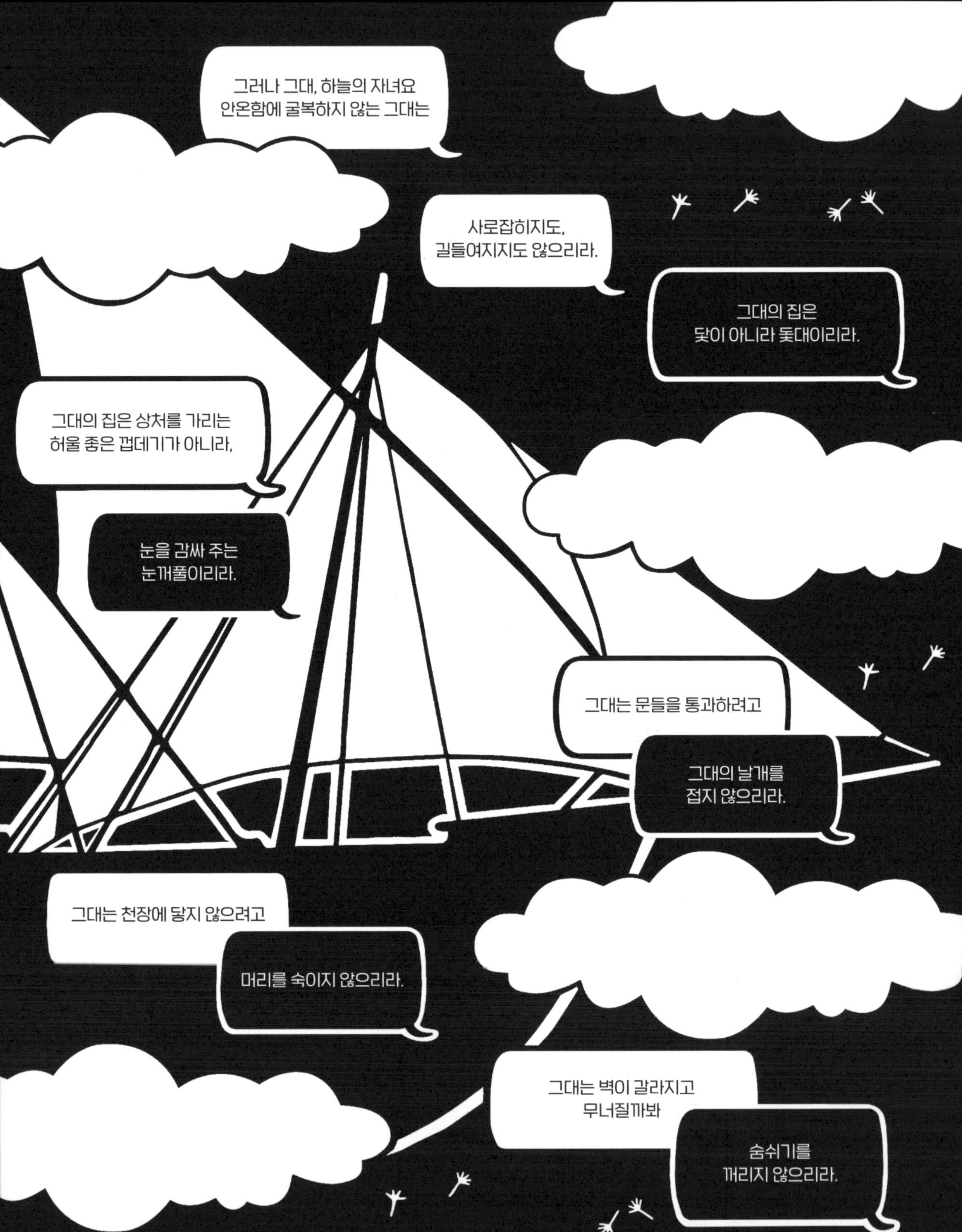

그러나 그대, 하늘의 자녀요
안온함에 굴복하지 않는 그대는
사로잡히지도,
길들여지지도 않으리라.
그대의 집은
닻이 아니라 돛대이리라.
그대의 집은 상처를 가리는
허울 좋은 껍데기가 아니라,
눈을 감싸 주는
눈꺼풀이리라.
그대는 문들을 통과하려고
그대의 날개를
접지 않으리라.
그대는 천장에 닿지 않으려고
머리를 숙이지 않으리라.
그대는 벽이 갈라지고
무너질까봐
숨쉬기를
꺼리지 않으리라.

그대는 죽은 자들이
산 자들을 위해 지은
무덤 속에 살지 않으리라.

그대의 집이 제 아무리
웅장하고 화려하다 해도

그 집은 그대의
비밀을 감춰주지도

그대의 열망을
지켜주지도 못하리라.

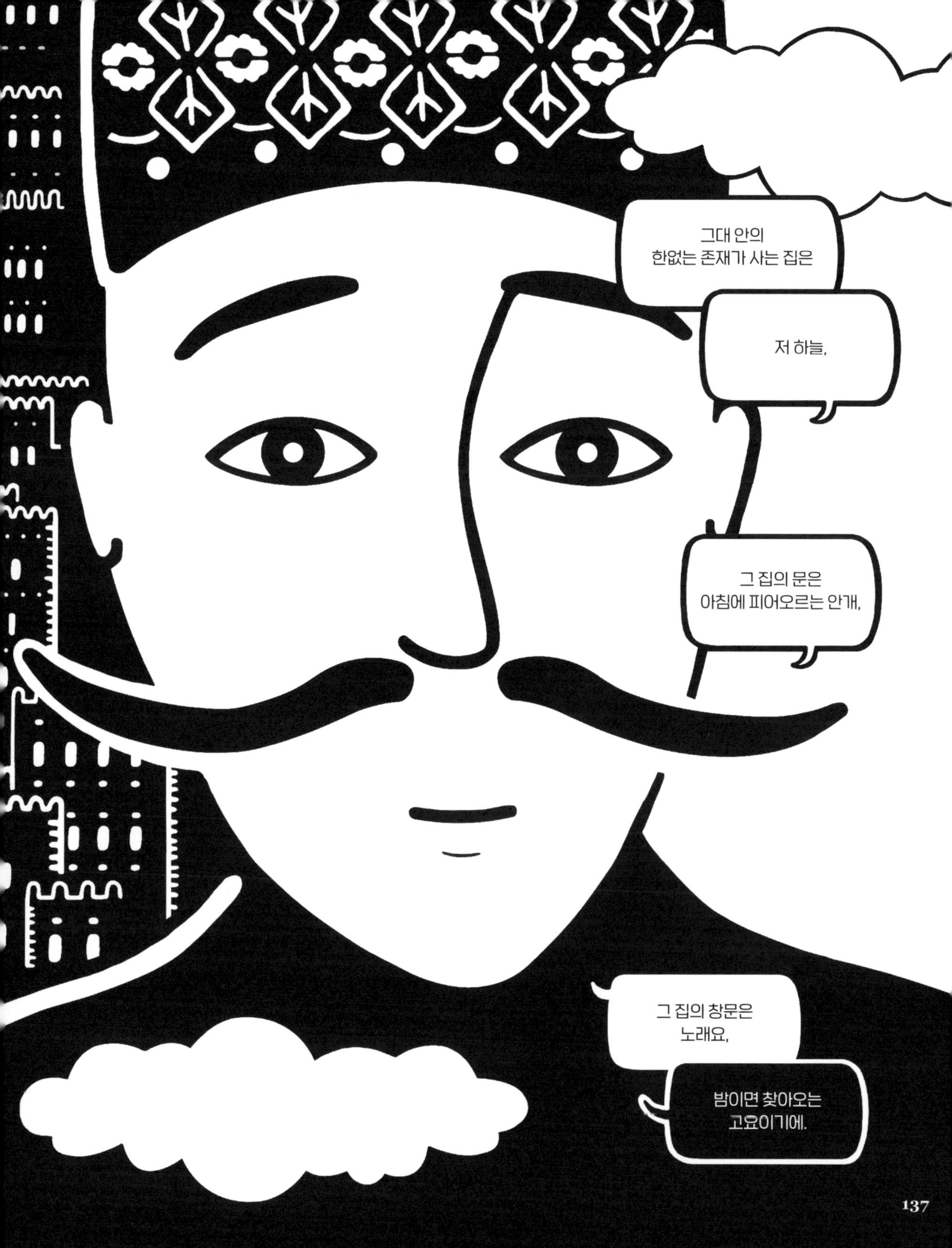

그대 안의
한없는 존재가 사는 집은
저 하늘,
그 집의 문은
아침에 피어오르는 안개,
그 집의 창문은
노래요,
밤이면 찾아오는
고요이기에.

그때 베 짜는 직공이 말했다.
말씀해 주소서.

옷에 대해서

그가 대답했다.

그대의 옷은 그대의 아름다움은
거의 다 가리면서도

그대의 추함은 감춰주지 못한다.

그대는 육신을 옷으로 감싸
내밀한 삶의 자유를 얻으려 하지만

그것은 오히려 그대에게 갑옷이요 사슬일 뿐.

그대가 저 햇살과 바람에
옷보다는
살갗을 더 많이 드러낼 수 있다면!

생명의 숨결은 저 빛 속에 있고
생명의 손길은
저 바람 속에 있기에.

그대들 중 어떤 이들은 말한다.
우리가 입고 있는 옷을 지어준 건
바로 북풍이라고.

그러나 내가 말하건대,
북풍이 우리의 옷을 지었다 해도
그 옷을 지은 베틀은
우리의 수치심.
또한 그 실은
우리의 연약한 힘줄.
그리하여 북풍은 자기 할 일을 마치고 나면
숲 속에서 한바탕 웃음을 터트렸노라.

그대, 잊지 마라. 수치심은 추잡한 이들의 눈길에 맞서는 방패라는 것을.
그러나 그들이 사라지고 없을 때,
수치심은 그저 영혼의 속쇄요
얼룩일 뿐이라는 것을.

그대, 이 또한 잊지 마라.
대지는 그대의 맨발이 닿을 때 기뻐하고
바람은 그대의 머리칼과
놀고 싶어 한다는 것을.

그때 한 상인이 말했다.
말씀해 주소서.

사고파는 일에 대해서
그가 대답했다.
대지가 그대에게 자기 결실을 내어주니, 그대는 조금도 부족함이 없으리라.
그대가 그 결실을 그대 두 손에 가득 채우는 법을 알기만 한다면.
대지의 산물을 주고받을 때, 그대는 비로소 풍요를 누리고 그대가 필요로 하는 것을 채울 수 있으리라.
그러나 그 거래가 따뜻한 정의와 사랑 속에서 이루어지지 않는다면,
그것은 어떤 이들을 탐욕으로
또 어떤 이들을 굶주림으로 내몰고 말리라.

그대들이여,
바다에서
들판에서
포도밭에서
일하는 이들이여

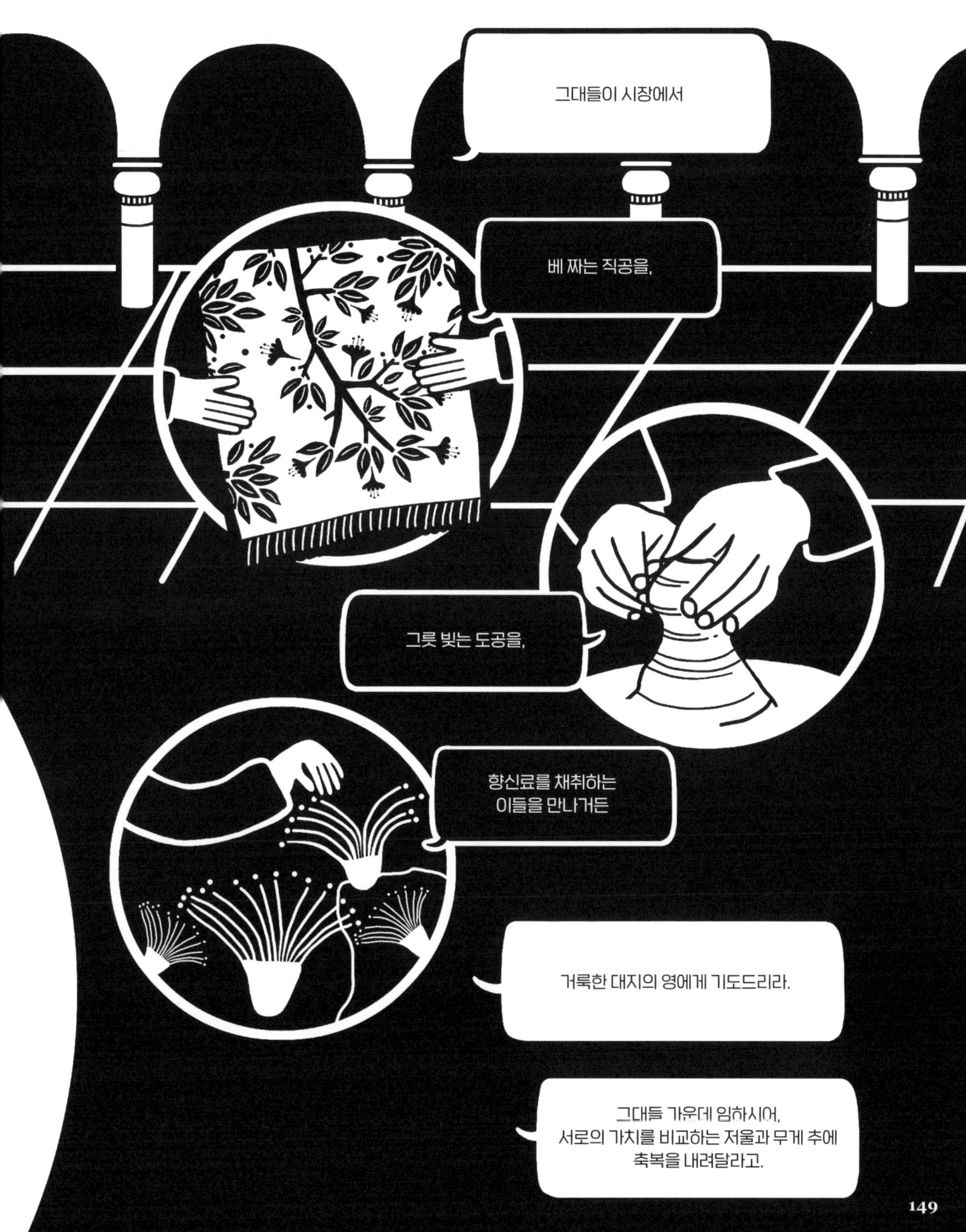
그대들이 시장에서
베 짜는 직공을,
그릇 빚는 도공을,
향신료를 채취하는
이들을 만나거든
거룩한 대지의 영에게 기도드리라.
그대들 가운데 임하시어,
서로의 가치를 비교하는 저울과 무게 추에
축복을 내려달라고.

빈손으로 그대의 거래에
끼어들려는 자들이 있거든
그대로 묵과하지 마라.

그들은 그대의 노고를
허울 좋은 말과 바꾸려는 자들.

그러니 그들에게
이렇게 말하라.

우리와 함께 들판으로 나가든

우리 형제들과 함께 바다로 나가서
그물을 던지라고.

대지와 바다는 우리에게 그랬듯
당신들에게도 너그러이 베풀어 줄 것이라고.

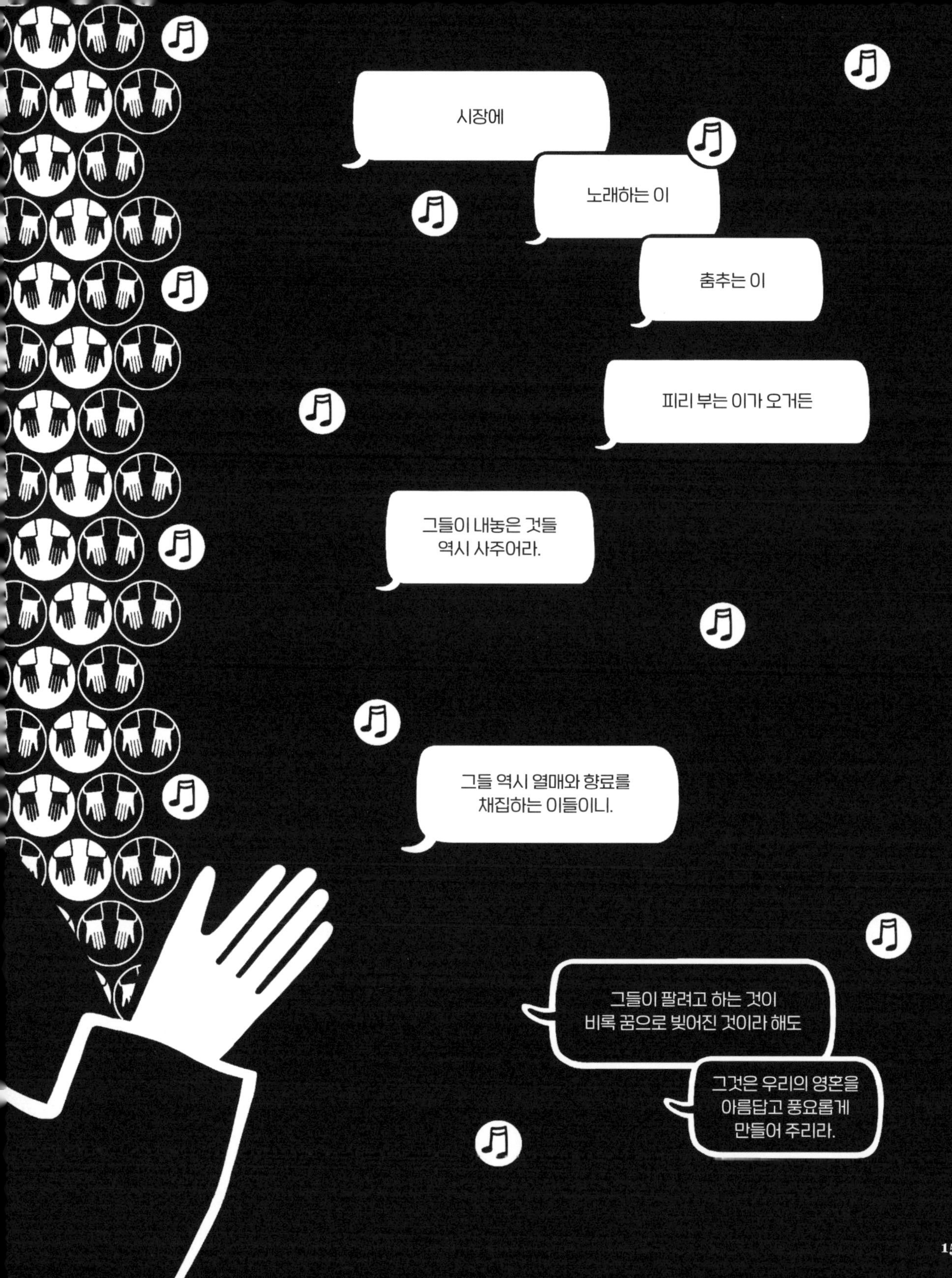

시장에
노래하는 이
춤추는 이
피리 부는 이가 오거든
그들이 내놓은 것들
역시 사주어라.
그들 역시 열매와 향료를
채집하는 이들이니.
그들이 팔려고 하는 것이
비록 꿈으로 빚어진 것이라 해도
그것은 우리의 영혼을
아름답고 풍요롭게
만들어 주리라.

그대,
시장을 떠나기 전에

빈손으로
돌아가는 이가 없는지

살펴보라.

거룩한 대지의 영은 그대들 중
지극히 보잘것없는 자가
필요로 하는 것까지 채워주지 않으면
바람결에 편안히 잠들지 못하니.

그때 도시의 재판관 중 하나가 나아와 말했다.
말씀해 주소서.

죄와 벌에 대해서

그가 대답했다.

그대의 영혼이 바람 따라 방황할 때,

지켜보는 눈 없이 홀로 있을 때,
그대는 타인들에게 잘못을 저지르고

그리하여 그대 자신에게도
잘못을 저지르고 만다.

그런 잘못을 저지른 그대는
신의 선택을 받은 자들의 문을 두드리고
그들이 알은체를 할 때까지 잠시 기다려야 하리라.

그대의 숭고한 자아는
저 너른 바다 같아서
결코 더럽혀지지 않으리라.
그대의 숭고한 자아는
저 높은 하늘 같아서
날개 달린 신성한 존재만을
저 위로 끌어올리리라.
그대의 숭고한 자아는
저 태양 같아서
두더지가 다니는 길을 알지 못하고
뱀의 굴을 찾지 않으리라.

그러나 그대 안에는
숭고한 자아만 있는 것이 아니다.
그대 안의 많은 부분은
여전히 인간적 속성을 지니고 있고,
그대 안의 많은 부분은
여전히 그만큼에도 미치지 못하니,
그것은 스스로 깨어나기를 바라며
몽롱하게 안개 속을 걷고 있는 하찮고 모자란 존재.

그런데 나는 지금부터 그대 안의
인간적 속성에 대해 말하려 한다.
죄와 벌의 의미를 아는 것은
그대의 숭고한 자아도, 안개 속을 헤매는
하찮은 존재도 아닌, 바로 그 인간이기에.
그대들은 대개
잘못을 저지른 자에 대해 이렇게 말한다.
그는 그대들과
같은 사람이 아니라
그대들과
다른 이방인이요
그대들의 세계에 끼어든
침입자라고.

제 아무리 고결하고 정의로운 이라도
저마다의 내면에 있는 가장 높은 존재보다
높이 올라갈 수 없고,
그러나
그대들에게 말하건대
제 아무리 심술궂고 하찮은 이라도
저마다의 내면에 있는 가장 저열한 존재보다
낮은 곳으로 떨어질 수 없다.
어떤 잎사귀도 나무가
슬며시 인정하지 않으면
저 혼자 노랗게 물들 수 없는 것처럼,
악인은 그대의 묵인 없이
잘못을 지지를 수 없다.

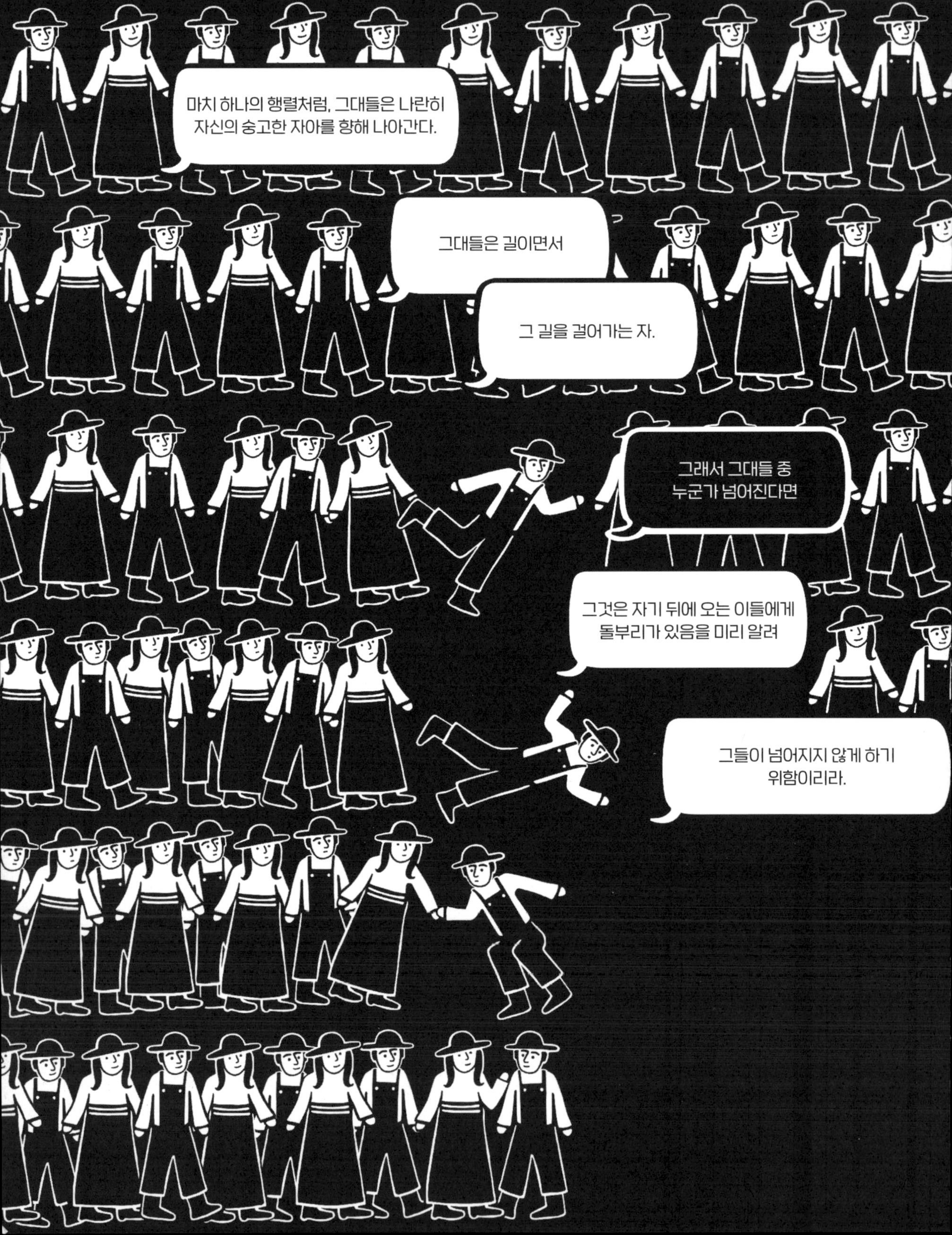

마치 하나의 행렬처럼, 그대들은 나란히 자신의 숭고한 자아를 향해 나아간다.
그대들은 길이면서
그 길을 걸어가는 자.
그래서 그대들 중 누군가 넘어진다면
그것은 자기 뒤에 오는 이들에게 돌부리가 있음을 미리 알려
그들이 넘어지지 않게 하기 위함이리라.

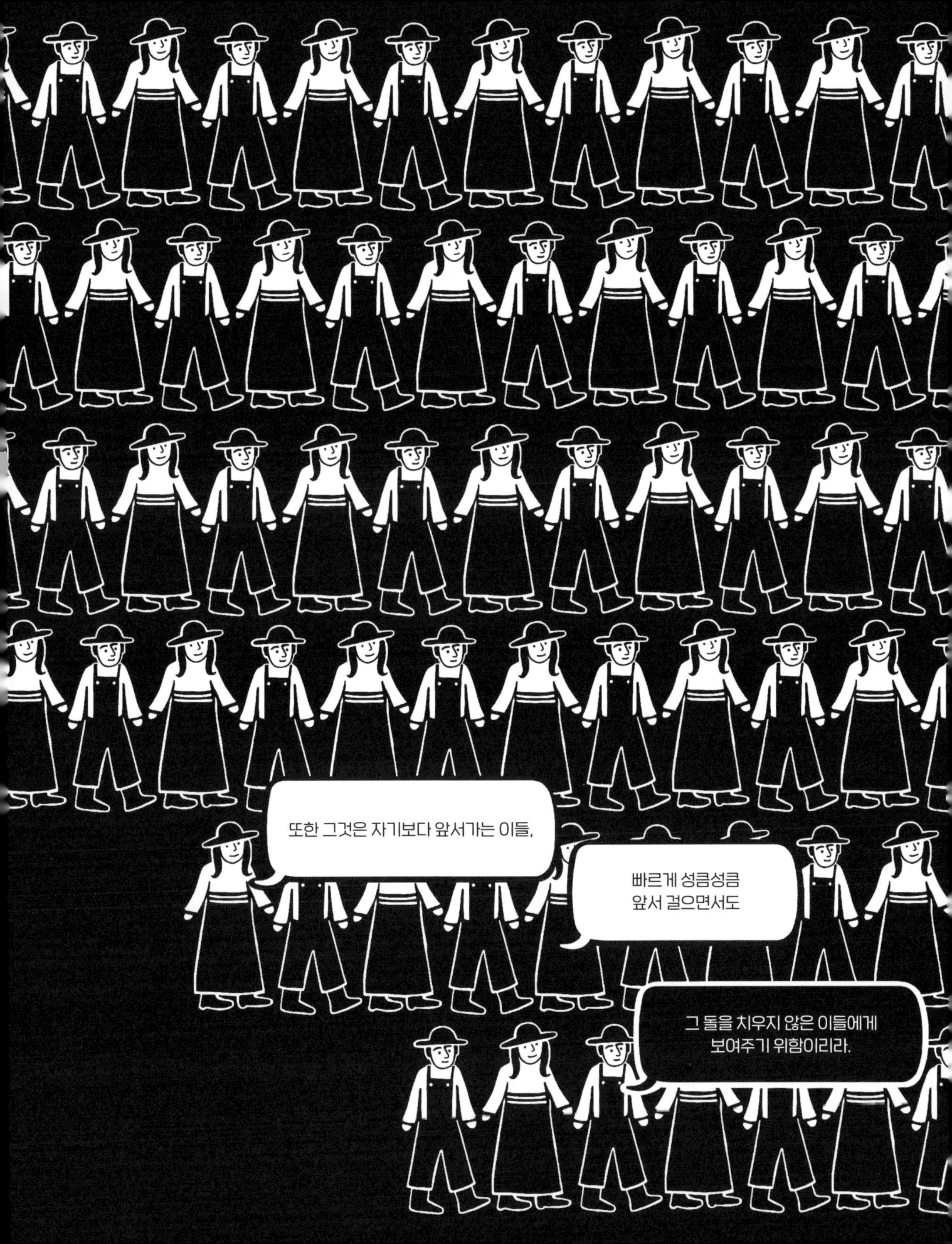

또한 그것은 자기보다 앞서가는 이들,
빠르게 성큼성큼 앞서 걸으면서도
그 돌을 치우지 않은 이들에게 보여주기 위함이리라.

내 말이 그대의 마음을 무겁게 짓누를지라도,
이 말 역시 해야 한다.
살해당한 자,
자신의 죽음에 얼마쯤 책임이 있고,
도둑맞은 자,
그 도둑질과 무관하지 않다.
정의로운 자,
악한 자의 죄악에 연루되어 있고,
떳떳한 자,
배신의 행위에서 자유롭지 않다.
실로 죄인은
대개 자신이 공격한 자에게
희생되기도 한다.
더구나 죄인은 결백한 자와
흠 없는 자의 짐까지 모두 짊어져야 한다.

그대는 정의와 불의를, 선과 악을 떼어놓을 수 없다.
그 둘은 태양 아래 함께 존재한다.
검은 실과 흰 실이 함께 엮여 있는 것처럼.
검은 실이 끊어지면, 직공은 옷감을 샅샅이 살펴보고 그 베틀까지 들여다보리라.
그대들 중 누군가 부정한 여인을 심판하려 한다면, 그 남편의 마음 또한 저울에 놓고
그 영혼의 무게를 정확하게 재어봐야 한다.
그리고 그가 죄인을 채찍질하려 한다면,
피해자의 마음까지 깊이 들여다봐야 한다.
그대들 중 누군가 도덕의 이름으로 벌을 주고 도끼를 내리쳐 악의 나무를 쳐내려 한다면
그 뿌리까지 살펴봐야 한다.
그러면 그는 선이라는 나무의 뿌리와 악이라는 나무의 뿌리가,
메마른 나무와 풍성한 나무의 뿌리가,
대지의 고요한 마음 안에 한 데 뒤엉켜 있음을 알게 되리라.

정의를 구현하려는
재판관들이여,

그대들은 육신은 정직하나

정작 영혼은
도둑인 자에게
어떤 판결을 내릴 것인가?

육신으로는 누군가를 죽였으나

정작 영혼은
살해당한 자에게는
어떤 형벌을 선고할 것인가?

행동으로는 남을 속이고 억압했으나

그 자신 역시
상처받고 모욕당한 자는
어떻게 심판할 것인가?

자신이 저지른 죄보다 더 크게
후회하는 자들에게는
어떤 처벌을 내릴 것인가?

후회란

그대들이 복무하는
그 법을 통해

실현되는 정의가 아닌가?

그러나 그대들은 결백한 자에게
뉘우치라 강요할 수 없고

죄인의 마음에서
후회를 덜어줄 수도 없다.

후회란 느닷없이
한밤중에 나타나

사람들을 깨우고

스스로를
돌아보게 하는 것이기에.

정의가 무엇인지 알고자 하는
재판관들이여,
환히 밝은 곳에서 제각각의 행위를
살피지 않는다면 정의가 무엇인지 어떻게 알겠는가?

오직 환히 밝은 곳에서만
그대들은 알게 되리라.
꼿꼿이 서 있는 자와
바닥에 엎어진 자는
한 사람의 같은 인간이며,
미천하고 나약한 존재가 되는 밤과
고결한 존재가 되는 낮, 그 사이 황혼녘에 서 있다는 것을.
또한 사원의 주춧돌은
사원 맨 밑바닥에 있는
돌보다
결코 높지 않다는 것을.

그때 한 법관이 말했다.
그러면 예언자시여

법에 대해서

말씀해 주소서.

그가 대답했다.

그대는 법을 만들면서
기쁨을 느끼지만,

그 법을 무너뜨릴 때
더 큰 기쁨을 느낀다.

해변에서 애써 모래성을 쌓고는

깔깔대며 그것을
허물어 버리는 아이들처럼.

그러나 그대가 모래성을 쌓는 동안,
바다는 더 많은 모래를 해변으로 떠밀고

그대가 모래성을 허물어 버리면
바다는 그대와 함께 즐거워한다.

실로 바다는 선량한 이들과
함께 언제나 즐거워한다.

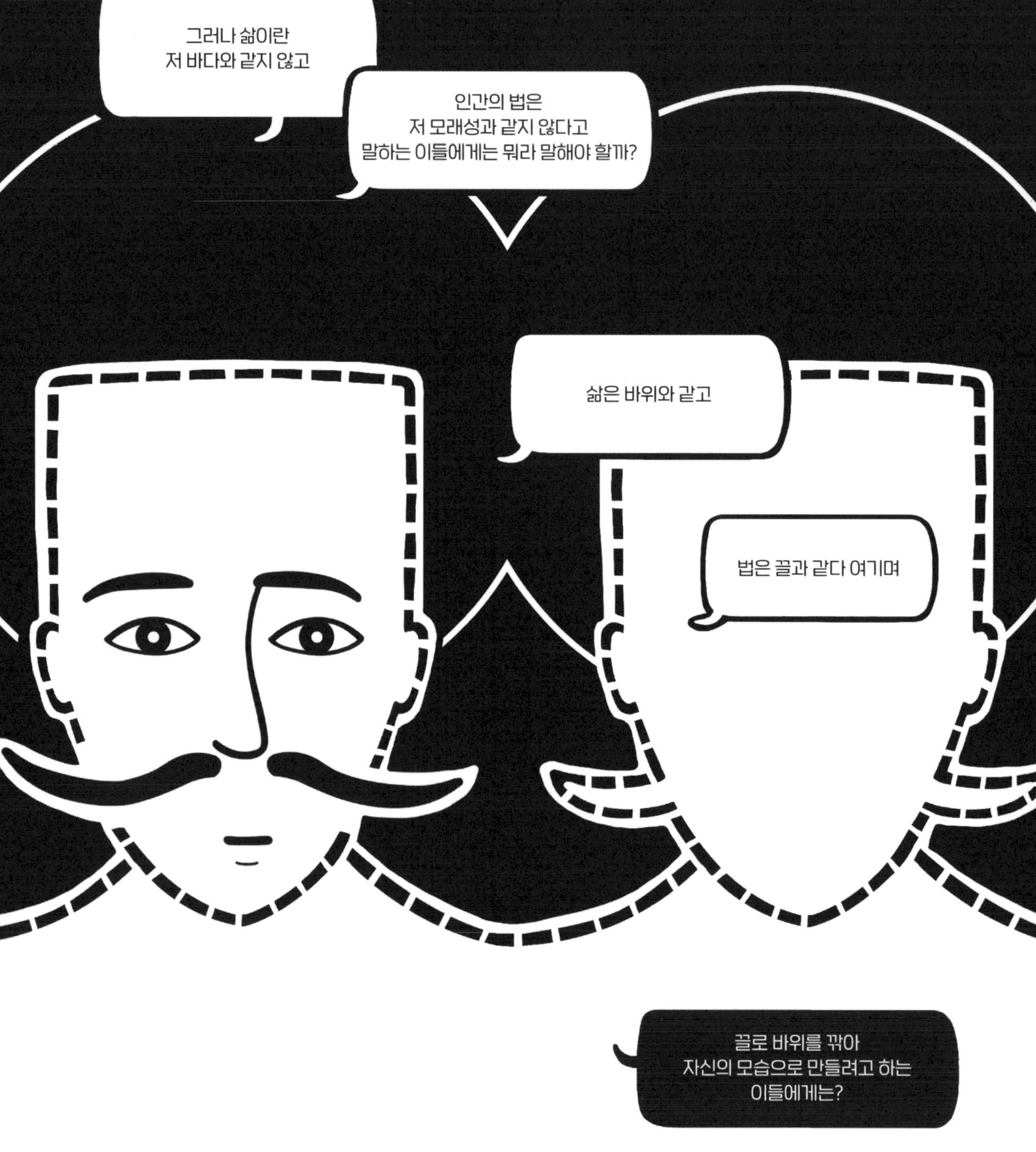

그러나 삶이란
저 바다와 같지 않고
인간의 법은
저 모래성과 같지 않다고
말하는 이들에게는 뭐라 말해야 할까?
삶은 바위와 같고
법은 끌과 같다 여기며
끌로 바위를 깎아
자신의 모습으로 만들려고 하는
이들에게는?

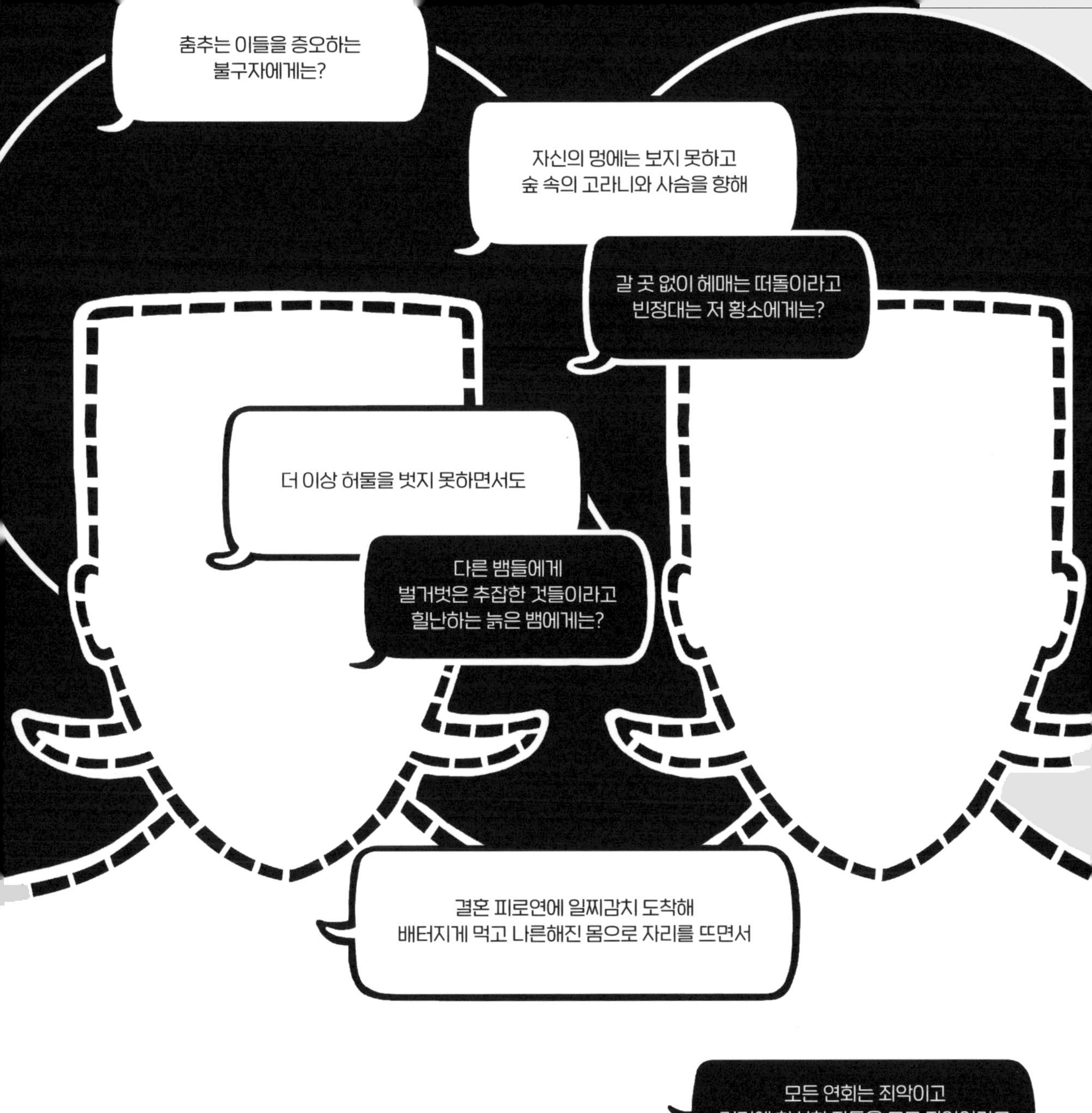
춤추는 이들을 증오하는
불구자에게는?
자신의 명에는 보지 못하고
숲 속의 고라니와 사슴을 향해
갈 곳 없이 헤매는 떠돌이라고
빈정대는 저 황소에게는?
더 이상 허물을 벗지 못하면서도
다른 뱀들에게
벌거벗은 추잡한 것들이라고
힐난하는 늙은 뱀에게는?
결혼 피로연에 일찌감치 도착해
배터지게 먹고 나른해진 몸으로 자리를 뜨면서
모든 연회는 죄악이고
거기에 참석한 자들은 모두 죄인이라고
말하는 자에게는?

내가 그런 이들에 대해
무슨 말을 할 수 있겠는가?
그들 역시 밝은 햇살 아래 서 있지만
태양을 등지고 서 있다는 말 밖에는.
그런 이들은
그저 자신의 그림자만을 본다.
그리고 그 그림자는
곧 그들의 법이다.

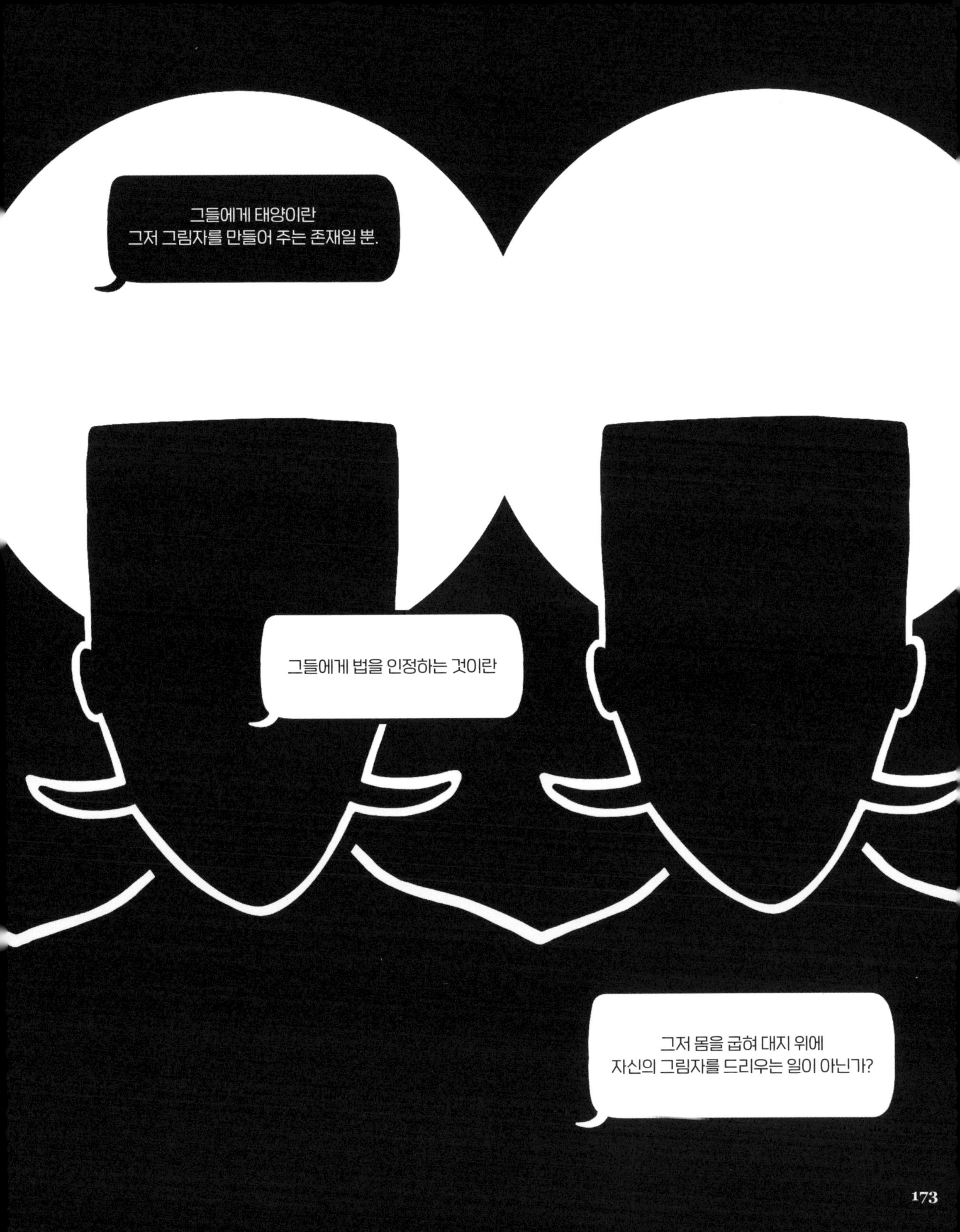

그들에게 태양이란
그저 그림자를 만들어 주는 존재일 뿐.
그들에게 법을 인정하는 것이란
그저 몸을 굽혀 대지 위에
자신의 그림자를 드리우는 일이 아닌가?

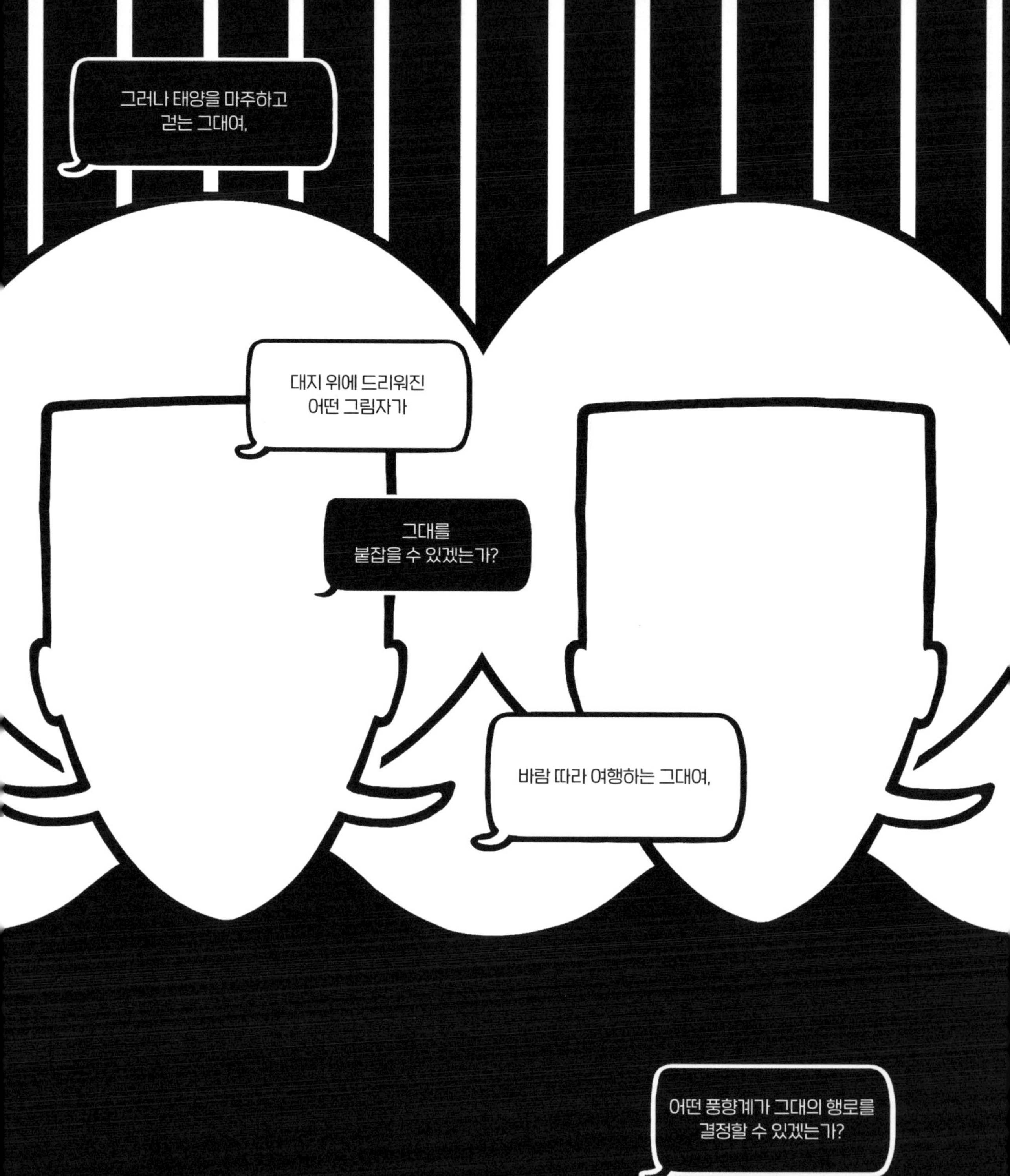

그러나 태양을 마주하고 걷는 그대여,
대지 위에 드리워진 어떤 그림자가
그대를 붙잡을 수 있겠는가?
바람 따라 여행하는 그대여,
어떤 풍향계가 그대의 행로를 결정할 수 있겠는가?

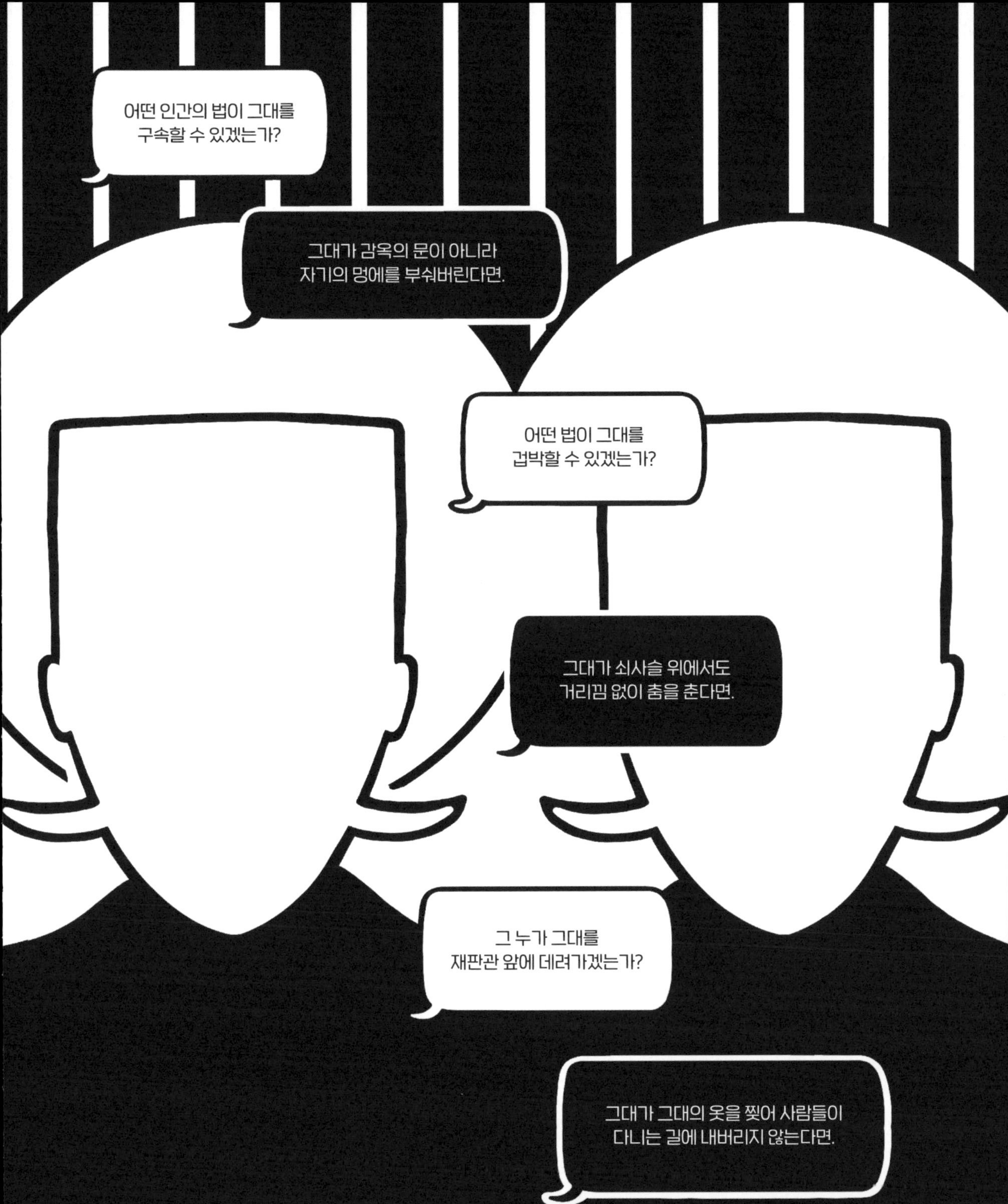

어떤 인간의 법이 그대를 구속할 수 있겠는가?
그대가 감옥의 문이 아니라 자기의 멍에를 부숴버린다면.
어떤 법이 그대를 겁박할 수 있겠는가?
그대가 쇠사슬 위에서도 거리낌 없이 춤을 춘다면.
그 누가 그대를 재판관 앞에 데려가겠는가?
그대가 그대의 옷을 찢어 사람들이 다니는 길에 내버리지 않는다면.

오르팔레즈 사람들이여,

그대들은
북소리를 죽일 수 있고

현악기의 줄을
느슨하게 할 수도 있다.

그러나 그 누가
저 종달새에게

노래하지 말라고
명령할 수 있겠는가?

그때 한 연설가가 말했다.
말씀해 주소서.

자유에 대해서

그가 대답했다.
도시 성문 앞에서,
그리고 그대들의 집에서
나는 그대들이 무릎 꿇고 엎드려
그대들의 자유를
숭배하는 모습을 보았다.
폭군이 자기를 죽이려 할 때마저
그 앞에 머리를 조아리는
노예들처럼.
그렇다,
나는 사원의 뜰과 성곽 그늘 아래서
그대들 중 가장 자유롭다 하는 이들이
자신들의 자유를
굴레와 수갑처럼 차고 있는 것을 보았다.

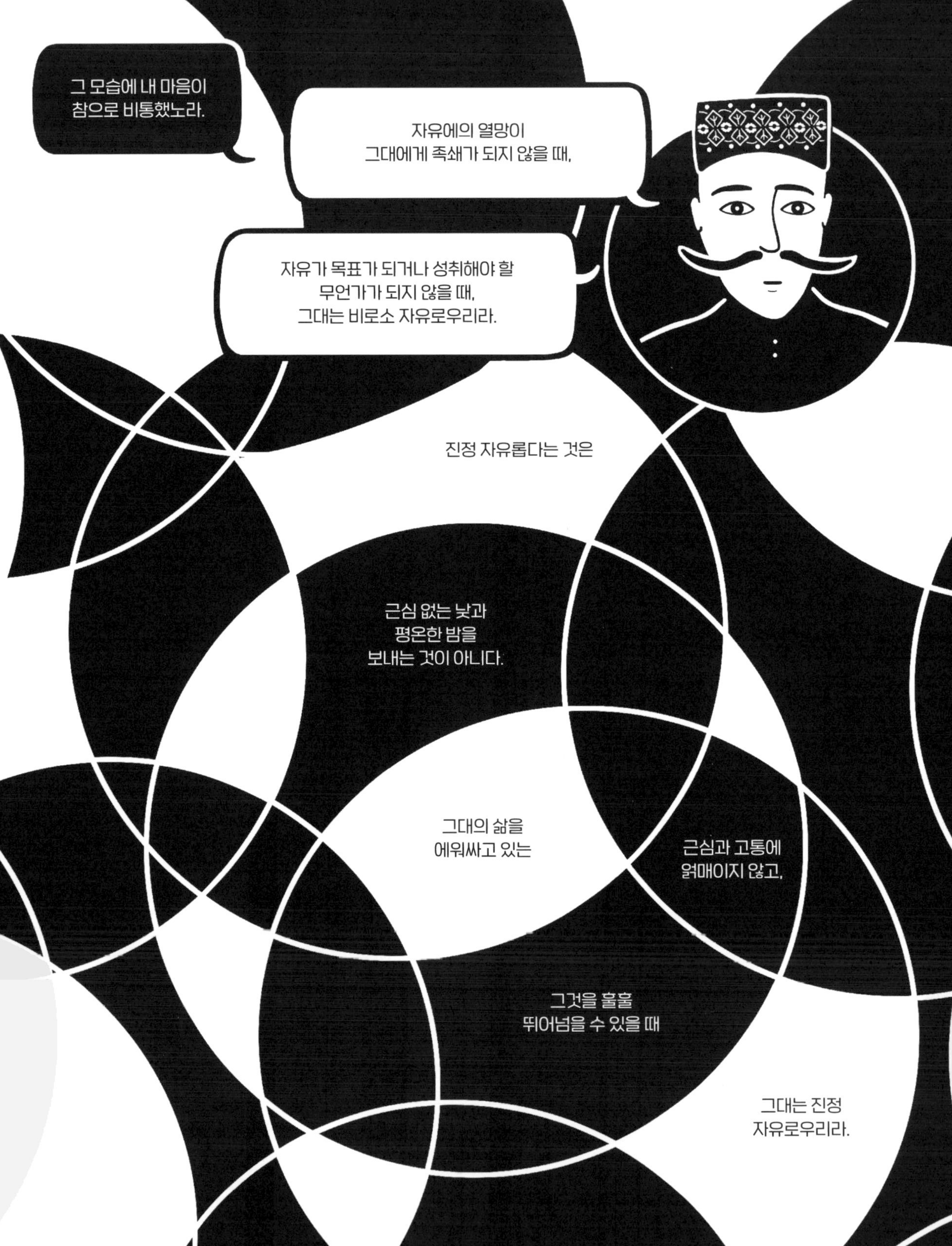
그 모습에 내 마음이
참으로 비통했노라.
자유에의 열망이
그대에게 족쇄가 되지 않을 때,
자유가 목표가 되거나 성취해야 할
무언가가 되지 않을 때,
그대는 비로소 자유로우리라.
진정 자유롭다는 것은
근심 없는 낮과
평온한 밤을
보내는 것이 아니다.
그대의 삶을
에워싸고 있는
근심과 고통에
얽매이지 않고,
그것을 훌훌
뛰어넘을 수 있을 때
그대는 진정
자유로우리라.

그러니 그대가 그대 한낮에
스스로 매어 놓은 사슬을

그대 성찰의 새벽에 끊어버리지 않는다면,
어떻게 그대의 낮들과 밤들을
뛰어넘을 수 있겠는가?

실로 그대가 자유라 부르는 것은
그런 사슬들 중에서도
가장 단단한 사슬이다.

비록
그 고리가

햇빛에
반짝거려

눈부시게
아름다워 보일지라도.

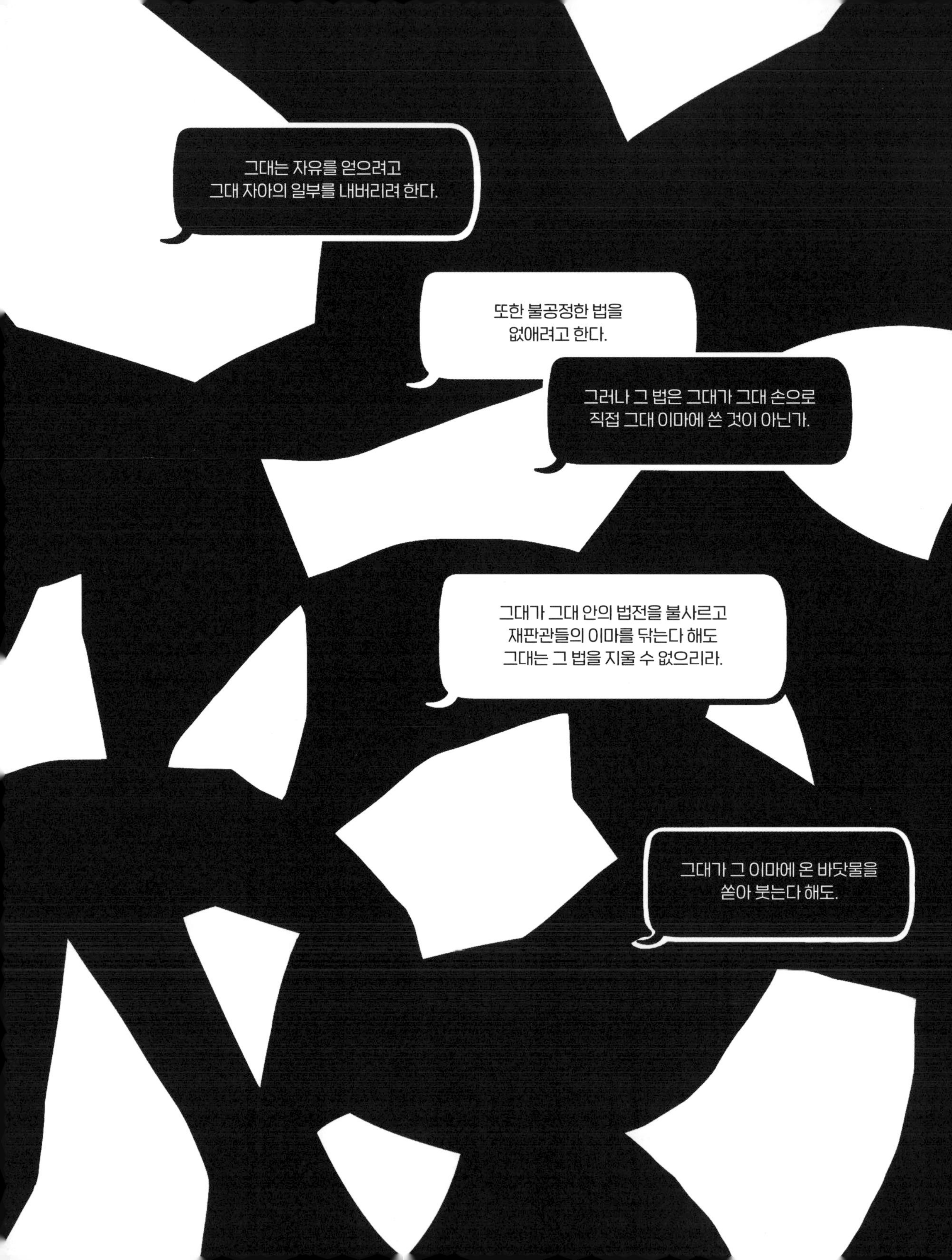

그대는 자유를 얻으려고
그대 자아의 일부를 내버리려 한다.
또한 불공정한 법을
없애려고 한다.
그러나 그 법은 그대가 그대 손으로
직접 그대 이마에 쓴 것이 아닌가.
그대가 그대 안의 법전을 불사르고
재판관들의 이마를 닦는다 해도
그대는 그 법을 지울 수 없으리라.
그대가 그 이마에 온 바닷물을
쏟아 붓는다 해도.

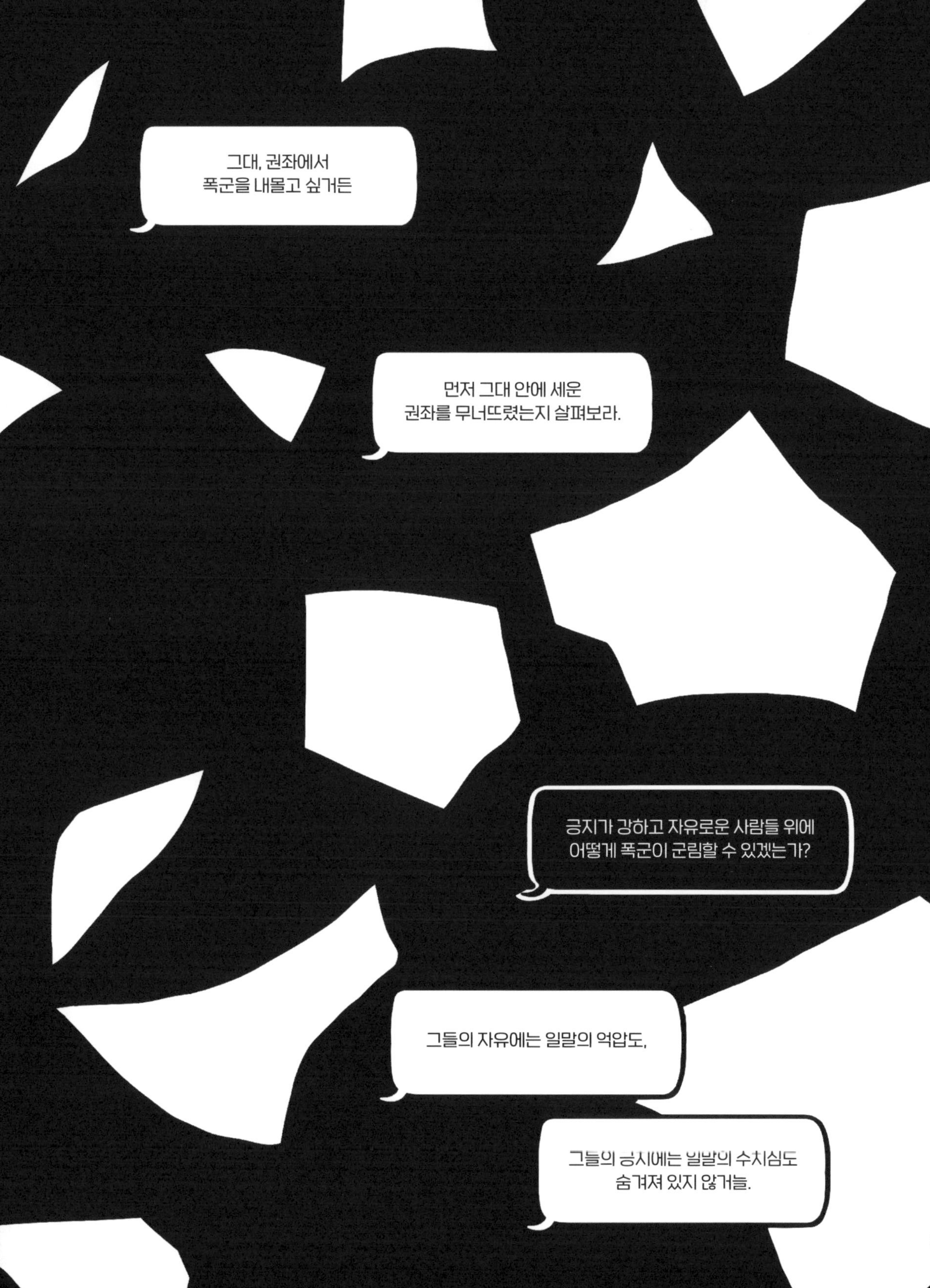

그대, 권좌에서
폭군을 내몰고 싶거든
먼저 그대 안에 세운
권좌를 무너뜨렸는지 살펴보라.
긍지가 강하고 자유로운 사람들 위에
어떻게 폭군이 군림할 수 있겠는가?
그들의 자유에는 일말의 억압도,
그들의 긍지에는 일말의 수치심도
숨겨져 있지 않거늘.

그대, 근심에서 벗어나고 싶거든
그것이 누가 억지로 강요한 것이 아니라, 그대가 스스로 선택한 것은 아닌지 돌아보라.
그대, 두려움을 떨쳐내고 싶거든
그것이 당신이 두려워하는 자의 손이 아닌 그대 마음속에 있는 것은 아닌지 돌아보라.
실로 그 모든 것들은 그대 안에서 어지럽게 뒤엉켜 끊임없이 움직이고 있다.
그대가 욕망하는 것과 두려워하는 것,
그대가 싫어하는 것과 좋아하는 것,
그대가 구하려는 것과 피하려는 것, 그 모든 것들이.

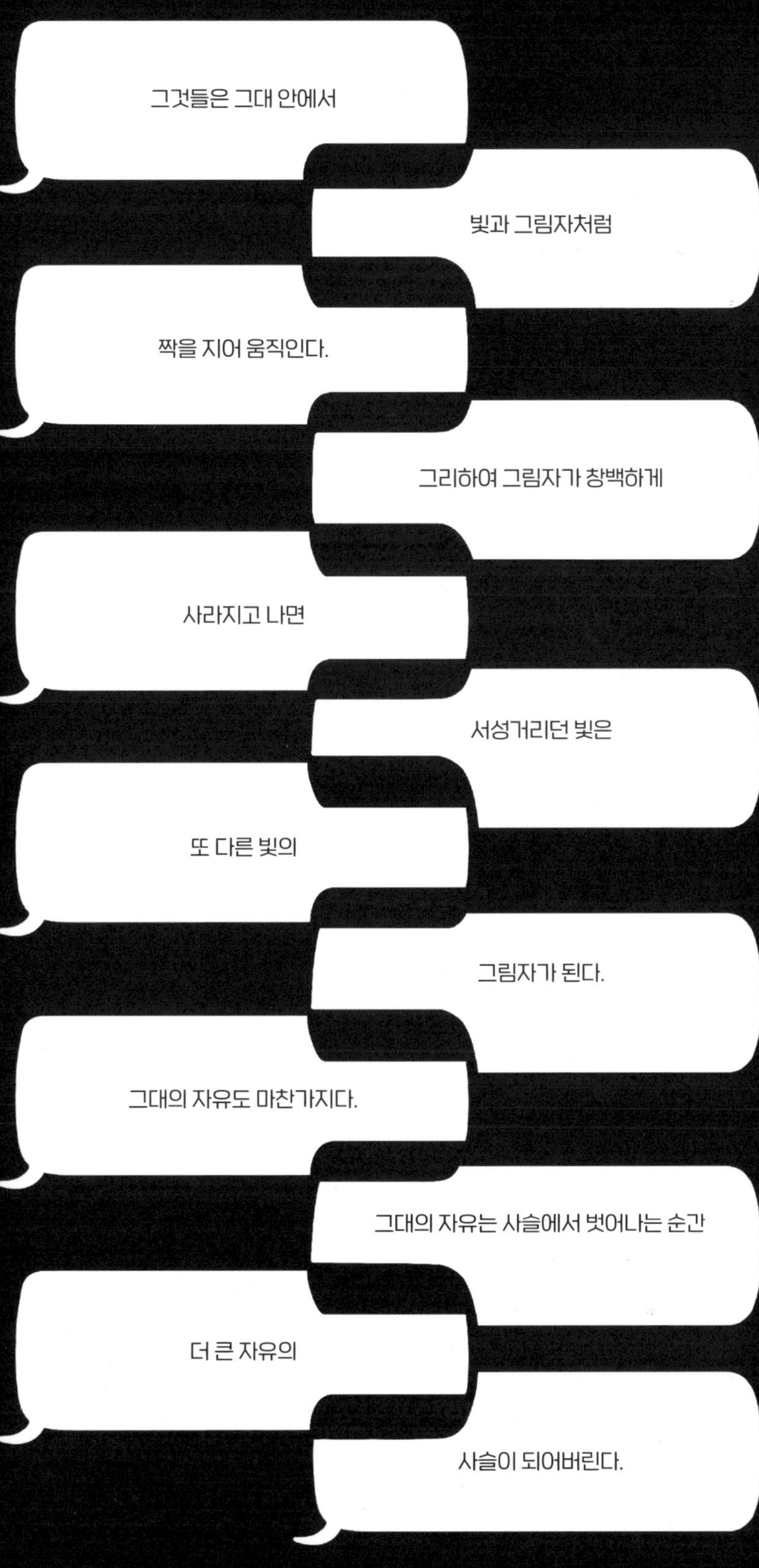
그것들은 그대 안에서
빛과 그림자처럼
짝을 지어 움직인다.
그리하여 그림자가 창백하게
사라지고 나면
서성거리던 빛은
또 다른 빛의
그림자가 된다.
그대의 자유도 마찬가지다.
그대의 자유는 사슬에서 벗어나는 순간
더 큰 자유의
사슬이 되어버린다.

그때, 알미트라가 말했다.
말씀해 주소서.

이성과 열정에 대해서

그가 대답했다.

그대 영혼은 자주
전쟁터가 된다.

그대 이성과 판단력이 한편,
그대 열정과 욕구가 한편이 되어
싸우는 전쟁터.

내가 그대 영혼을
평화롭게 하여

그대 안에서 다투고
불화하는 것들을

한목소리로
노래하게 할 수만 있다면!

그리니 그대 스스로
평화를 구하지 않는다면,

그대가 그대 안의 다양한 면면들을
사랑하지 않는다면, 내가 무슨 수로
그렇게 하겠는가?

이성은 그대 영혼이라는
뱃사람의 방향키요,
열정은 그 돛이다.
그대의 돛이나 키가 망가진다면,
그대에게는 더 이상 선택지가 없다.
넘실대는 파도에 휩쓸려
표류하거나
망망대해 한가운데서
꼼짝 않고 있는 것 말고는.
독선적인 이성은
억압이요,
자제를 모르는 열정은
재가 될 때까지
자신을 불태우는 불꽃이다.

그러니 그대 영혼이 이성을
저 열정의 꼭대기까지 고양시켜
이성이
노래할 수 있게 하라.
또한 그대 이성이 열정을 이끌어
열정이 날마다 새로이 태어나게 하라.
잿더미 속에서 부활하는
불사조처럼.

바라건대 그대는
그대의 이성과
그대의 열정을
그대 집에 초대된
두 귀한 손님으로 여겨라.
그리고 그대는 어느 한쪽에 치우치지 말고
두 손님 모두를 극진히 대접하라.
어느 한 쪽에 관심을
더 기울이다가는
그 둘 다에게
사랑과 신뢰를
잃고 말테니.

언덕에 올라 은백양나무가 드리우는
시원한 그늘 아래 앉아

저 멀리 평야와 초원의
평화롭고 고요한 풍경에 마음이 젖어들거든

그대 마음이
이렇게 속삭이게 하라.

'신이 이성 안에서
쉬고 계시는구나.'

폭풍우가 휘몰아쳐
바람이 숲을 뒤흔들고

천둥과 번개가 하늘의 위세를 떨치거든

그대 마음이 두려워하며
이렇게 말하게 하라.

'신이 열정 안에서
움직이고 계시는구나.'

그대는 신의 세계에서 부는
한 줄기 실바람이요,
신의 숲 속에 사는
한 장의 잎사귀이니,

그대 또한
이성 안에서 쉬고
열정 안에서
움직여야 하리라.

그때 한 여인이 말했다.
말씀해 주소서.

고통에 대해서
그가 대답했다.
고통이란 그대의 인식을 감싸고 있던 껍데기가 깨지는 것.
열매의 씨앗이 저 깊은 곳까지 햇빛을 받으려면
부서져야 하듯
그대 역시 고통을 몸소 겪어봐야 하리라.

그대 마음이 삶에서
하루하루 만나는 기적에
감탄할 수 있다면,
그대의 고통은 그대의 기쁨만큼이나
경이로워 보이리라.

그대는 그대 마음의 계절들을 받아들여라.
그대가 그대 들판을 오고 가는 계절들을 당연하게 받아들이는 것처럼.
그러면 그대는 슬픔에 잠긴 그대의 겨울을 평온하게 보낼 수 있으리라.

그대 고통의 큰 부분은
그대 스스로가 선택한 것.
그대 안의 의사가 주는 쓰디쓴 약이
그대의 병든 자아를 치료하니,
그 의사를 믿고
그가 주는 약을
치분하고 담담하게 받아마셔라.

그의 손이
투박하고 거칠다 해도

그 손은 보이지 않는 분의
살가운 손길에 인도되고

그가 가져다주는 잔이
그대 입술을 화끈거리게 해도

그 잔은 도공의
거룩한 눈물로 반죽된

흙으로 빚어진 것이기에.

그때 한 남자가 말했다.
말씀해 주소서.

자신을 아는 것에 대해서

그가 대답했다.

그대의 마음은 묵묵히 날들과
밤들의 비밀을 깨닫는다.

허나 그대의 귀는
그대 마음이 깨달은 것을 듣고 싶어 한다.

그대는 늘 마음속으로 깨달은 것을
말로 표현하고 싶어 한다.

그대는 그대 꿈의 맨살을
손끝으로 만져보고 싶어 한다.

그대가 그런 열망을
느끼는 것은 좋은 일이다.

그대 영혼 안에 숨어 있는 샘은
솟구쳐 나와 바다를 향해 잔잔히 흘러가리라.
그리하여 그대의 한없이 깊은 곳에 있는 보물은
그대 눈앞에 나타나리라.

그러나 어떤 저울도
저 미지의 보물이
얼마나 무거운지 잴 수 없고
어떤 자나 끈으로도
그대가 알고 있는 것의
깊이를 가늠할 수 없다.
자아란 크기를 잴 수 없을 만큼
끝없이 펼쳐진 바다와 같은 것.

그대,
자신의 참모습을
발견했다고 말하기보다
차라리
자신의 여러 모습 중
하나를 발견했다고 말하라.
그대,
영혼의 길을 찾았다고
말하기보다
차라리
나의 길에서 걷고 있는
영혼을 만났다고 말하라.

영혼은
어떤 길이든 갈 수 있고,
곧장 앞으로만
나아가지 않으며,
갈대처럼 곧게 뻗어
자라지도 않는다.
영혼은 수많은
꽃잎을 펼쳐내는
저 한 송이 연꽃처럼
저 자신을 펼쳐낸다.

그때 한 선생이 말했다.
말씀해 주소서.

가르침에 대해서

그가 대답했다.

사람들이 그대에게
가르쳐 줄 수 있는 것이란

그대가 이미 알고 있으나

새벽녘에 설핏 잠든 채
쉬고 있는 것들뿐.

제자들에게 둘러싸여
사원 그늘 아래 걷고 있는 저 선생이 주는 것은
자신의 지혜가 아닌
자신의 믿음과 어진 마음.

진정 지혜로운 선생은
그대를 자기 지혜의 집으로 들어오라 청하는 대신

그대를 그대 영혼의 문턱까지

이끌어 주리라.

천문학자는 우주에 대한
자신의 지식을
그대에게 말해줄 수 있으나,
그것을 진정으로
이해시켜 줄 수는 없다.

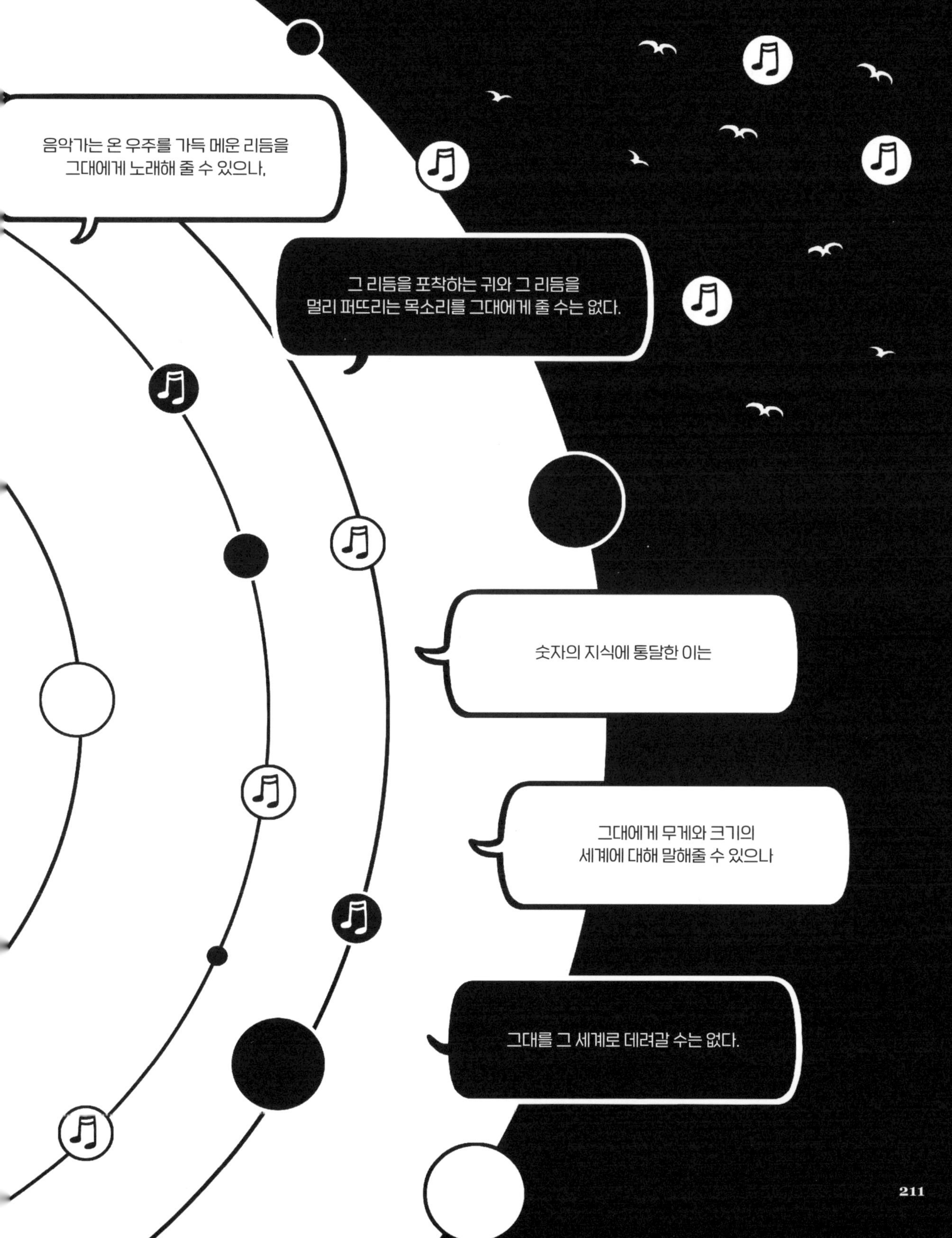
음악가는 온 우주를 가득 메운 리듬을
그대에게 노래해 줄 수 있으나,
그 리듬을 포착하는 귀와 그 리듬을
멀리 퍼뜨리는 목소리를 그대에게 줄 수는 없다.
숫자의 지식에 통달한 이는
그대에게 무게와 크기의
세계에 대해 말해줄 수 있으나
그대를 그 세계로 데려갈 수는 없다.

한 사람의 이해라는 날개는
다른 이에게 빌려줄 수 없는 법.
그러므로 그대들은 저마다 홀로
신을 알아가야 하리라.

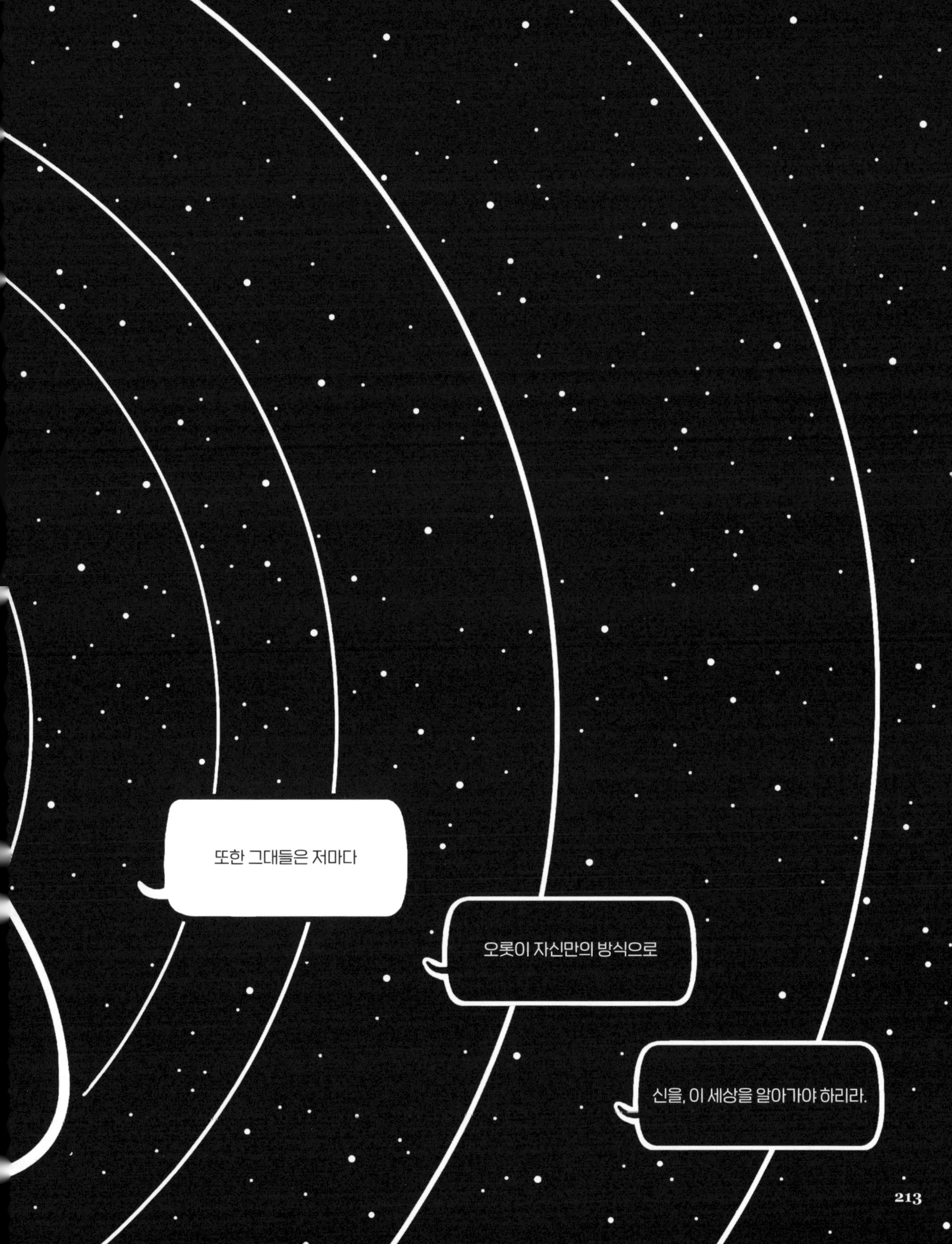

또한 그대들은 저마다
오롯이 자신만의 방식으로
신을, 이 세상을 알아가야 하리라.

그때 한 젊은이가 말했다.
말씀해 주소서.

우정에 대해서

그가 대답했다.

그대의 친구는
그대가 필요로 하는 것을 채워주는 이.

친구란 그대가
사랑으로 씨 뿌리고

감사하며 추수하는 그대의 들판.

친구란 그대의
식탁이자 벽난로.

그대는 허기질 때면 그를 찾고,
평온을 구할 때 그에게 다가가기에.

그대의 친구가 그대에게
속마음을 털어놓을 때,

그대는 그대 마음에서

'아니다'

라고 말하기를
꺼리지 마라.

또한 그대는
그대 마음에서
'그렇다'
라고 말하기를
꺼리지 마라.
그가 침묵하고 있을 때에도
그대의 마음은 그의 마음을
끊임없이 듣고 있으니.
우정이란 말이 필요 없는 법.
생각과 열망과 희망은
굳이 말하지 않아도 생겨나와
마음과 마음으로
서로 통하게 되리라.

친구와 작별하게 되더라도
슬퍼하지 마라.
그대가 친구에게서
가장 사랑하는 모습은
그가 없는 빈자리에서
더욱 또렷하게 드러나리라.

산꼭대기에 다다랐을 때,
저 아래 평원이 더욱 생생하게 보이는 것처럼.

영혼의 깊이를 더하는 것 외에
우정에서 다른 어떤 것도 바라지 마라.

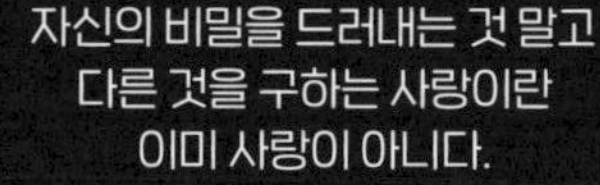
자신의 비밀을 드러내는 것 말고
다른 것을 구하는 사랑이란
이미 사랑이 아니다.

그것은 다만 바다에 던져진
그물일 뿐이며, 거기에는 오직
쓸데없는 것들만이 걸려들 것이리라.

그대, 친구에게
그대의 가장 좋은 것을 주어라.

친구가 그대라는
파도의 썰물을 알아야 한다면,

그에게 그대의
밀물 역시 알게 하라.

그저 몇 시간을 때우기 위한
친구가 무슨 친구겠는가?

단 몇 시간이라도
의미 있게 보낼 수 있는 친구를 찾으라.

그런 친구는 그대의 공허함이 아니라
그대의 기대를 채워 주리라.

우정의 다정함 속에
웃을 수 있는 자리를 마련하고
그대의 기쁨을 함께 나누어라.

아침의 마음은 자그마한 것들에 맺힌
이슬로도 생기를 얻을 수 있으리라.

그때 한 학자가 말했다.
말씀해 주소서.

말에 대해서

그가 대답했다.
그대는 그대의 생각들로
마음이 심란할 때 말을 한다.
그대가 그대 마음 안에
더는 홀로 머무를 수 없을 때
그대는 그대의
입술을 달싹인다.
그러나 그 입술이 내는 소리는
심심풀이와 시간 때우기일 뿐.

그대의
많은 말들 속에서
그대의 생각은
반쯤 말살된다.
생각이란
저 하늘의 새와 같아서
말의 새장 안에서는
날개를 펼 수 있다 해도,
높이 날아오를 수는 없는 법.

이들은 홀로 있는 것이 두려워
수다쟁이를 가까이 한다.
고요한 고독은
그런 이들의 눈앞에 그들의 본모습을
숨김없이 드러내 주지만
그들은 눈길을 돌리고 만다.

또 어떤 이들은
아무런 의도도 없이,
아무런 생각도 없이
저 자신도
이해하지 못한
진리를 떠들어댄다.

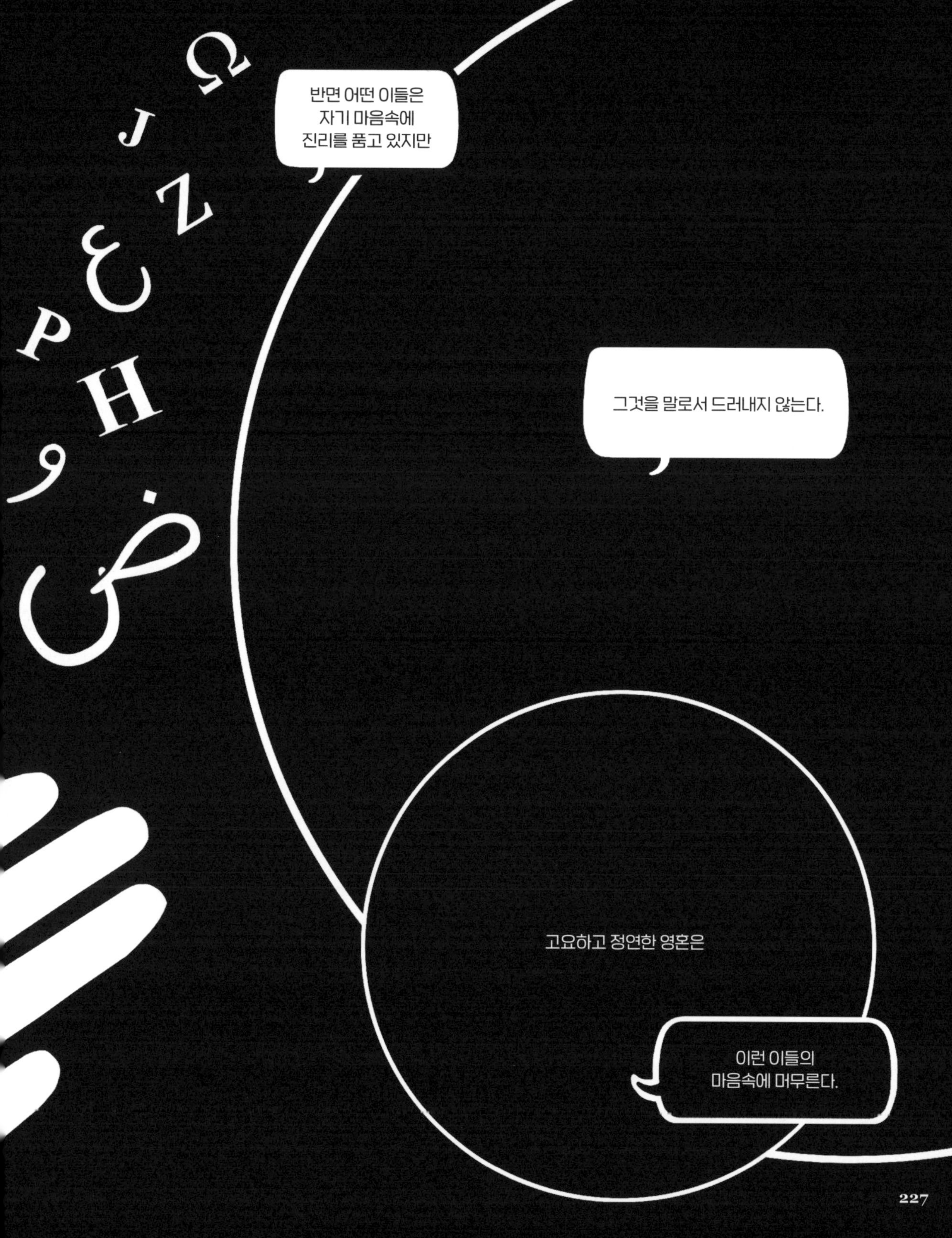
반면 어떤 이들은
자기 마음속에
진리를 품고 있지만

그것을 말로서 드러내지 않는다.

고요하고 정연한 영혼은

이런 이들의
마음속에 머무른다.

그대, 길거리나 시장에서
친구를 만나거든
그대의 입술을 움직이게 하고,
그대의 혀를 인도하게 하라.
그대 안의 영혼이

그의 귀 안에 있는
귀에 말하게 하라.

또한 그대 목소리
안에 있는 목소리가

그러면 그의 영혼이
그대 마음의
진실을 기억하리라.

좋은 포도주의 맛을
오래도록 기억하는 것처럼.

비록 그 빛깔이 잊히고
그 잔이 사라져버린다 해도.

그때 한 천문학자가 말했다.
말씀해 주소서.

시간에 대해서

그가 대답했다.

그대는 가늠할 수도,
헤아릴 수도 없는

시간을 측정하려 한다.

그대는 시간과 계절에 따라
그대의 행동을 조율하고

심지어 그대 영혼의
행로를 결정하려 한다.

시간,

그대는 그 시간을
개울로 만들고

그 언저리에 앉아

흘러가는 시간을
바라보고 싶어 하리라.

그렇지만

시간을 초월하는
그대 안의 존재는 생이란
시간을 뛰어넘는 것임을 알고 있다.

그 존재는 알리라.

어제란 오늘 떠올리는 기억이요,
내일은 오늘 꾸는 꿈이라는 것을.

그리고 그대 안에서
노래하고 묵상하는 이는

태초의 순간에

여전히 머물러 있다는 것도.

저 우주의 별들이
산산이 흩어지던
바로 그 순간에.

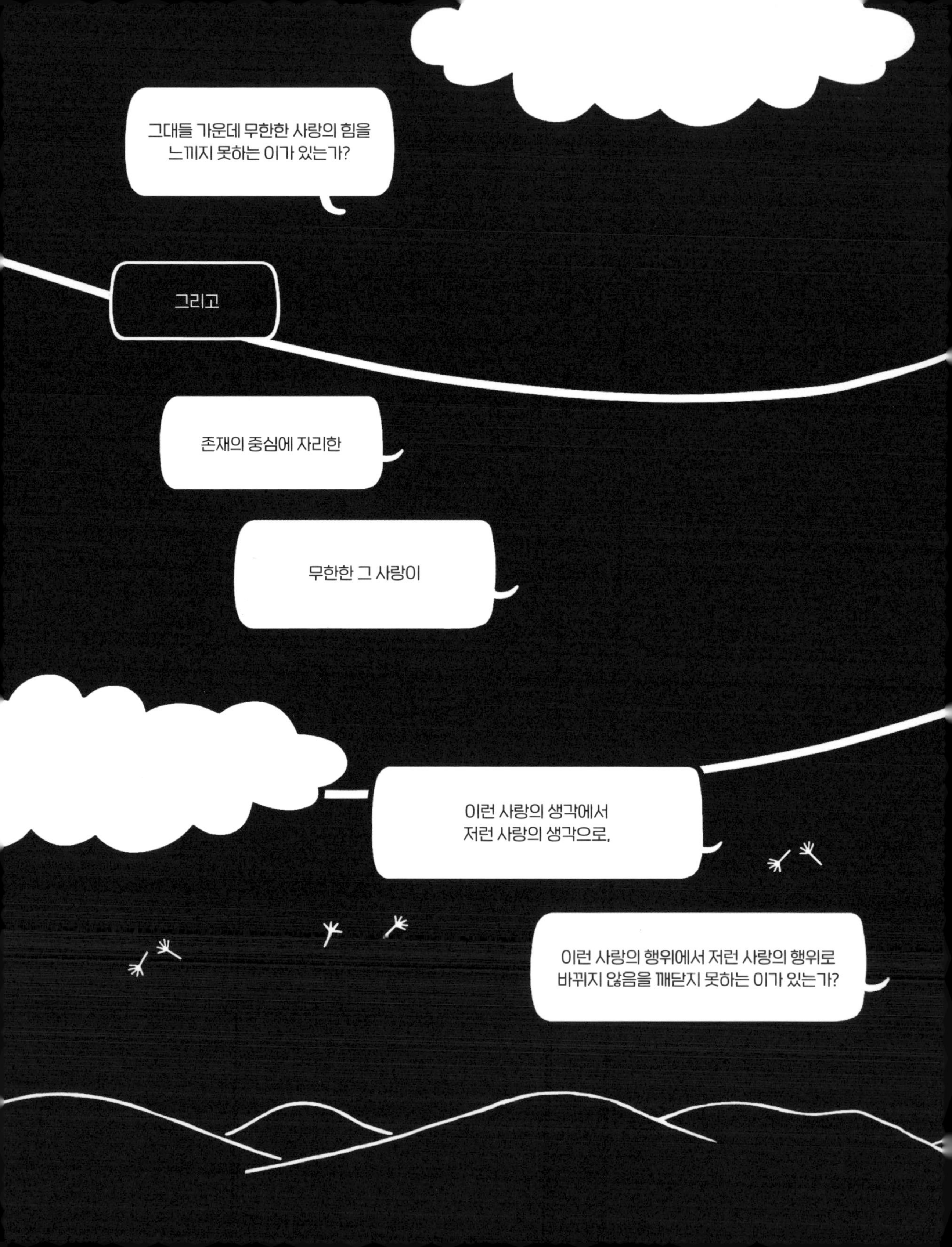

그대들 가운데 무한한 사랑의 힘을 느끼지 못하는 이가 있는가?
그리고
존재의 중심에 자리한
무한한 그 사랑이
이런 사랑의 생각에서 저런 사랑의 생각으로,
이런 사랑의 행위에서 저런 사랑의 행위로 바뀌지 않음을 깨닫지 못하는 이가 있는가?

나뉠 수 없고 변하지 않는 사랑처럼,
시간도 그렇지 않겠는가?
허나 그대가 마음속으로
계절에 따라 시간을 나누려 하거든
저마다의 계절이
다른 모든 계절을 품게 하라.
그리하여 기억으로
현재가 과거를
열망으로 현재가
미래를 끌어안게 하라.

그때 도시의 한 어른이 말했다.
말씀해 주소서.

선과 악에 대해서

그가 대답했다.

나는 그대 안의 선에 대해서는
말해줄 수 있으나

악에 대해서는 그럴 수 없다.

악이란 무엇인가?
다만 자기의 허기와 갈증으로
괴로워하는 선이 아니던가?

실로 선은 굶주리면
깜깜한 동굴에서라도 먹을 것을 찾고

목이 타면 고여서
썩은 물이라도 들이키지 않는가.

그대는 그대 자신과
하나가 될 때 선하다.

그렇지만

그대가 그대 자신과
하나가 되지 못한다고 해서

악한 것은 아니다.

불화의 기운이 도는 집이라 해서
그곳을 도둑의 소굴이라
할 수는 없지 않은가.

갈등이 있다 해도
집은 그저 집일 뿐.

또한 방향키가 없는 배라고 해서
밑바닥으로 가라앉는 것은 아니지 않은가.

그저 위태롭게 섬들 사이를
정처 없이 표류할 뿐.

그대가 최선의 노력을 기울일 때 그대는 선하다.
그렇지만 그대가 자신을 위해 이로움을 구한다고 해서 악한 것은 아니다
이로움을 얻으려고 애쓰는 그대는
그저 대지에 꼭 달라붙어 그 젖가슴을 빠는 뿌리일 뿐.
열매는 뿌리더러
나처럼 잘 익고 주렁주렁 맺혀 풍족하게 베풀라고 말할 수 없지 않은가.
열매는 베푸는 일을, 뿌리는 받는 일을 하는 것이 마땅하기에.

239

온전히 맑은 정신으로 말할 때
그대는 선하다.

그렇지만

그대가 잠결에 알 수 없는 말을
웅얼거린다고 해서 악한 것은 아니다.

우물대는 말이라도
부족한 말솜씨를
키워줄 수 있기에.

그대가 굳세고 당당하게
그대의 목표를 향해 나아갈 때
그대는 선하다.

그렇지만

그대가 설름거리며
그곳에 간다 해도 악한 것은 아니다.

다리를 저는 것뿐,
뒤로 물러서는 것은 아니기에.

허나 힘차고 빠르게
나아가는 그대여,

선의를 보인답시고
절름발이 앞에서
다리를 절 필요는 없다.

그대는 어떤 식으로든
선할 수 있고

그대가 선하지 않을 때도 악한 것은 아니다.

다만 무기력하고 게으른 것일 뿐.

애석하지만, 사슴도 거북이에게
빨리 달리는 법을 가르쳐 줄 수 없지 않은가!

자신의 위대한 자아에
가닿고자 하는 열망,
바로 거기에 그대의 선의가 있다.

그리고 그대들은 저마다
그런 열망을 품고 있다.

그러나 그대들 중 어떤 이들의 열망은
바다로 내리지르는 사나운 급류 같아서

언덕의 비밀과 숲의 노래를
휩쓸어 가 버린다.

또 어떤 이들의 열망은 실개울 같아서
굽이굽이 돌고 헤매다가

느지막이 해안에 도착한다.

허나 강렬한 열망을 가진 자여,
그대는 미약한 열망을 가진 자에게

너는 왜 그토록 굼뜨고
흐리멍덩하냐고 말하지 마라.

진정 선한 자는 헐벗은 자에게

네 옷은 어디에 두었냐고
묻지 않고

떠돌이에게

네 집은 어찌 되었냐고
묻지 않는다.

그때 한 사제가 말했다.
말씀해 주소서.

기도에 대해서

그가 대답했다.

그대는 불행을 겪을 때,
곤경에 빠졌을 때 기도한다.

허나 그대는 기쁨으로 충만할 때도,
부족함 없이 하루하루 살아가면서도
기도해야 한다.

기도란 신이 계신 저 하늘까지
그대 자신을 넓히는 일이 아닌가?

그대가 저 우주에 그대의 어둠을 쏟아내며 위안을 얻는다면,
그대는 그대 마음의 새벽을 저 우주에 쏟아내면서도
기쁨을 얻으리라.
그대 영혼이 그대에게 기도하라 청할 때,
그대가 결국 울게 된다면
그대 영혼은 쉼 없이 그대에게 용기를 북돋아 주리라.
그대의 눈물에서 웃음이 비칠 때까지.

그대가 기도할 때
그대는 더욱 높아져
저 하늘에서
같은 시간에 기도드리고 있는
이들을 만나리라.
기도가 아니라면
결코 만나지 못할 이들을.

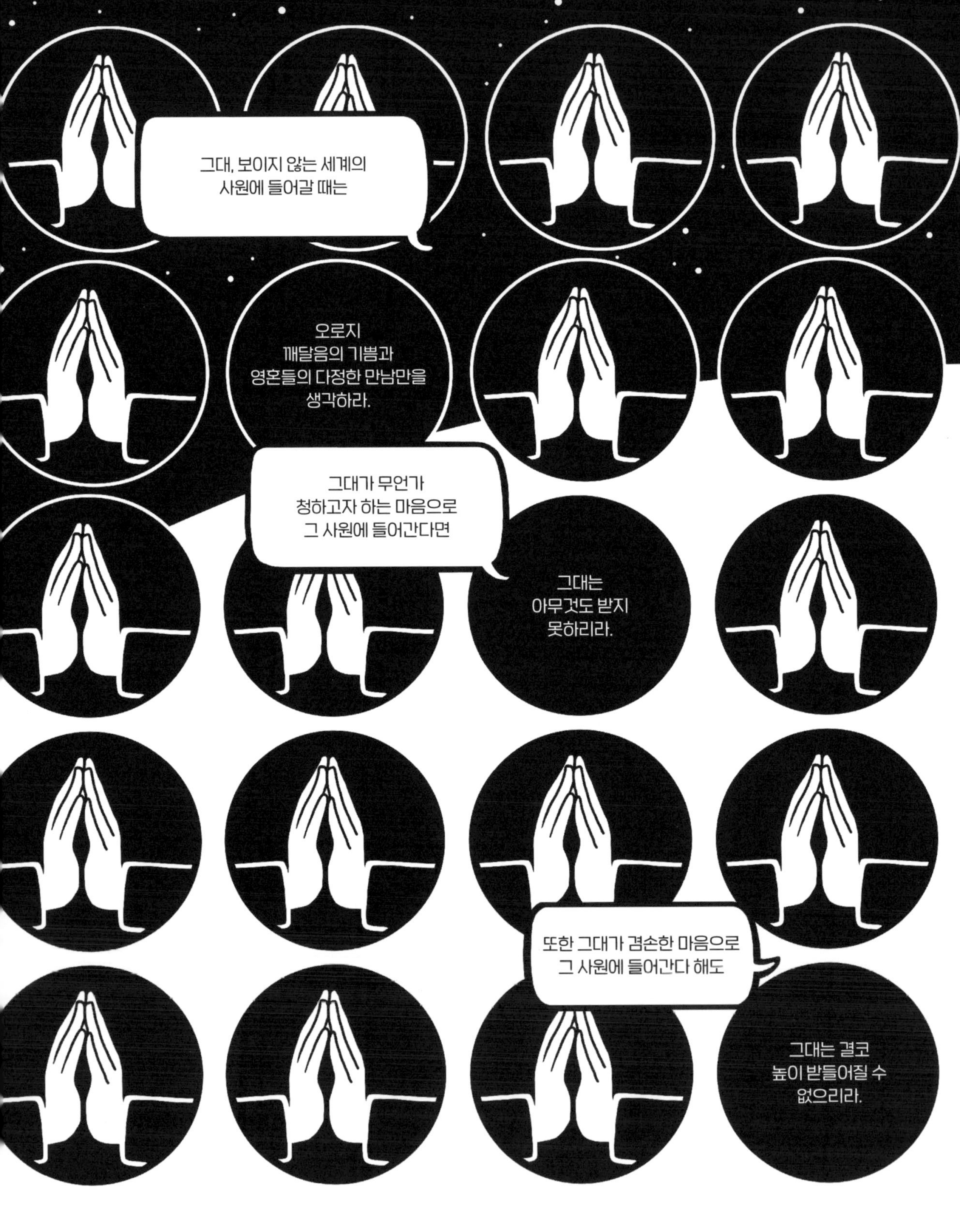
그대, 보이지 않는 세계의
사원에 들어갈 때는
오로지
깨달음의 기쁨과
영혼들의 다정한 만남만을
생각하라.
그대가 무언가
청하고자 하는 마음으로
그 사원에 들어간다면
그대는
아무것도 받지
못하리라.
또한 그대가 겸손한 마음으로
그 사원에 들어간다 해도
그대는 결코
높이 받들어질 수
없으리라.

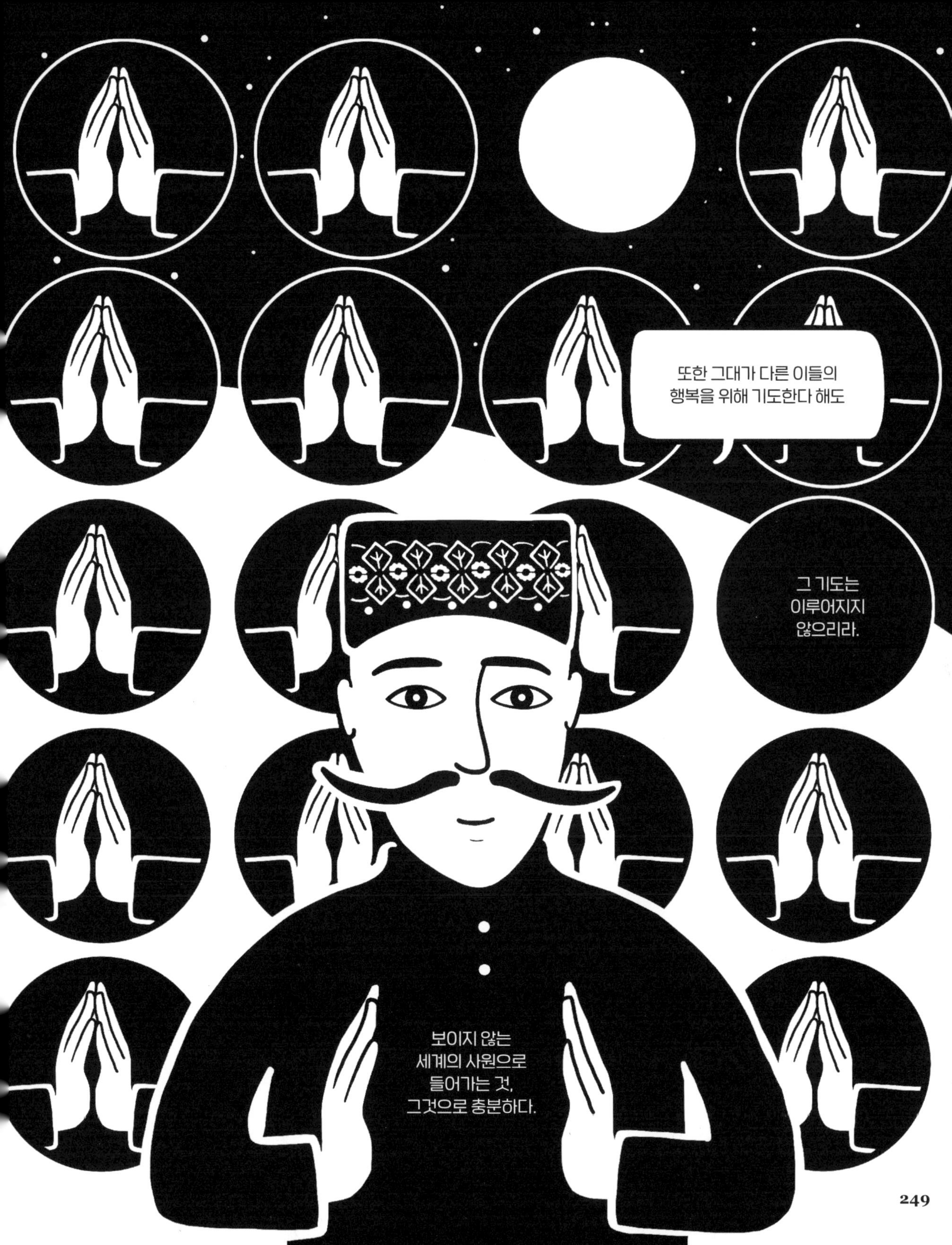
또한 그대가 다른 이들의
행복을 위해 기도한다 해도
그 기도는
이루어지지
않으리라.
보이지 않는
세계의 사원으로
들어가는 것,
그것으로 충분하다.

나는 그대에게 어떤 말로
기도해야 하는지
가르쳐 줄 수 없다.
신은 그대의 말을 듣지 않으신다.
다만 그 스스로 그대의 입술을 통해 말할 뿐.
나는 또한 수많은 바다와 숲과 산의 기도를
그대에게 가르쳐 줄 수 없다
히나 바다와 숲과 산에서
태어난 그대는
그대 마음 안에서
그 기도를 찾아낼 수 있으리라.

그리하여 그대, 어느 고요한 밤,
가만히 귀 기울이면

바다와 숲과 산이
나지막이 읊조리는 기도를
들을 수 있으리라.

우리의 신이시여, 날개 달린 또 다른
우리 자신이여, 당신 의지는
우리 안에서 드러나고

당신 열망은
우리 안에서 갈망하며

당신 열정은 본래 모두
당신 것인 우리의 밤을

낮으로 만듭니다.

우리는 당신에게
무엇도 청하지 않습니다.

당신은 우리가 무엇을 필요로 하는지
우리보다 먼저 알고 계십니다.

우리가 필요로 하는 것은 당신.

당신은 우리에게 자신을
더 많이 내어주시면서
우리에게 모든 것을 주십니다.

그때 한 해에 단 한 번 도시로 내려오는
한 은자가 앞으로 나아와 말했다.
말씀해 주소서.

쾌락에 대해서

그가 대답했다.

쾌락이란 자유를
노래하는 것일 뿐,

진정한 자유가 아니다.

쾌락이란
그대 열망의 꽃일 뿐,

그 결실이 아니다.

쾌락이란 저 높은 곳을
갈망하는 저 깊은 곳일 뿐,

그것은 깊지도
높지도 않다.

쾌락이란 날아오르려 하지만
새장에 갇힌 새일 뿐,

새장을 둘러싸고 있는
하늘이 아니다.

그렇다, 실로 쾌락이란
자유를 노래하는 일이다.

나는 그대가 온 마음을 다해
자유를 노래하길 바라지만
노래를 하다가 그대 마음이
정처 없이 헤매지 않기를 바란다.
그대들 중 어떤 젊은이들은
쾌락을 좇으면서
그것이 전부인 양 행동하고
심판과 질책을 받는다.
허나 나는
그들을 심판하지도,
질책하지도 않는다.
오히려 그들이 계속해서
쾌락을 좇기를 바란다.
그들은 쾌락을 좇으면서
그저 쾌락만이 아닌
다른 것들도 발견하게 되리라.

쾌락에게는
일곱 자매가 있는데
그 중 가장 아름답지 않은
자매마저 쾌락보다 아름답다.
그대, 들어본 적이 없는가?
뿌리를 캐내려고
땅을 파헤치다가
보물을 발견한 이의
이야기를?

그대들 중 어떤 노인들은
자신들의 쾌락을 떠올리며 한탄한다.

술에 취해 저지른 잘못을
떠올릴 때처럼.

그러나 후회란 형벌이 아니라
영혼에 드리워진 장막일 뿐.

그들은 자신들의
쾌락을 추억하며 감사해야 한다.

여름날의 수확을 떠올릴 때처럼.

그럼에도

후회하는 편이 위로가 된다면,
그렇게 스스로를
위무해도 좋으리라.

그대들 중 어떤 이들은
쾌락을 추구할 만큼 젊지도
그것을 추억할 만큼
늙지도 않았다.
그들은 쾌락을 추구하는 것만큼이나
후회할 것을 염려해 모든 쾌락을 멀리한다.
영혼을 멸시하거나 모욕하지 않을까
노심초사하면서.
그러나 그런 금욕에도
나름의 쾌락이 있는 법.
그렇게 그들 역시
보물을 발견한다.
뿌리를 캐내기 위해
두려움에 떨리는 손으로
땅을 파헤치면서.

그렇다면 내게 말해 보라.
누가 영혼을 모욕할 수 있는가?

밤꾀꼬리가 평온한 밤을
모욕할 수 있는가?

아니면 반딧불이들이
저 별들을 모욕할 수 있는가?

그대의 불길이나 연기가
바람을 무디게 할 수 있는가?

그대의 영혼이 고인 연못처럼
막대기 하나로 휘저을 수 있는 것인가?

그대는 걸핏하면
쾌락을 멀리하면서

그대 영혼 깊숙한 곳에
쾌락을 간직하고만 있다.

그러나 오늘 억눌린 것이
내일 다시 나타나지 않으리란
법이 있는가?

그대의 육신마저
그대가 간직하고 있는 것을
알고 있으니
육신은 자신의 정당한 욕구가
기만당하는 것을
보고만 있지 않으리라.
그대 육신은
그대 영혼의 현악기.
그것으로 감미로운 음악을 연주하는지,
불협화음을 내는지는 온전히 그대의 몫.

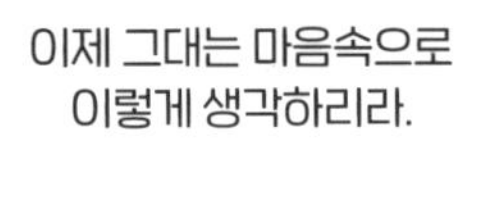
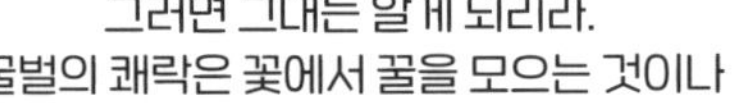

이제 그대는 마음속으로
이렇게 생각하리라.

쾌락에서 좋은 면과 나쁜 면을
어떻게 구분할 수 있을까?

그대의 들판과 정원으로 가보라.

그러면 그대는 알게 되리라.
꿀벌의 쾌락은 꽃에서 꿀을 모으는 것이나

꽃의 쾌락은
자신의 꿀을 꿀벌에게 내어주는 것임을.

꿀벌에게 꽃이 생명의 샘이라면,
꽃에게 꿀벌은 사랑의 전령.
그러니 서로에게
쾌락을 주고받는 것이란
절실하고도 황홀한 일이리라.

오르팔레즈 사람들이여,

꿀벌과 꽃처럼
그대들의 쾌락을 추구하라.

그때 한 시인이 말했다.
말씀해 주소서.

아름다움에 대해서

그가 대답했다.

아름다움 그 자체가 그대의 길이요 안내자가 되지 않는다면

그대는 어디에서 아름다움을 추구하고 어떻게 그것을 발견할 수 있겠는가?

또한 아름다움이 그대 말을 직조하는 직공이 되지 않는다면,

그대가 어떻게 아름다움에 대해 논할 수 있겠는가?

상처받은 이들과
모욕당한 이들은 말한다.
아름다움이란
다정하고 어진 것이라고.
아름다움은 자신이 해낸 일을
쑥스러워하는 앳된 어머니처럼
우리들 사이에서 걷고 있노라고.
열정에 가득 찬 이들은 말한다.
아니,
아름다움이란 강력하고
두려운 것이라고.
아름다움은 폭풍우처럼
우리 발아래에 있는 대지와
우리 머리 위에 있는 하늘을
뒤흔들어 놓는다고.

고단한 이들과
지친 이들은 말한다.

아름다움이란
다정한 속삭임이라고.

아름다움은
우리 영혼 안에서 말하고

그 목소리는
어둠 속에서 두려움에 떠는
희미한 빛처럼

우리의 침묵 속에서 흔들린다고.

거칠고 억센 이들은 말한다.

아름다움이 산 속에서
울부짖는 소리를 들었노라고.

그리고 그 소리에 발굽소리와

날갯짓 소리와

사자의 사나운 포효가
뒤섞였노라고.

밤이면 도시의 파수꾼은 말한다.
아름다움이란 새벽에 저 동녘에서 떠오르는 것이라고.
한낮에 일꾼들과 나그네들은 말한다.
땅거미 진 창가에서 대지 위에 아름다움이 드리워지는 것을 보았노라고.
겨울이면 눈 속에 갇힌 이들은 말한다.
아름다움은 봄이 오면 언덕을 뛰어 넘어 우리에게 오는 것이라고.

여름의 열기 속에서 추수꾼들은 말한다.
가을이면 아름다움이 낙엽들과 춤추고, 겨울이면 아름다움이 눈과 함께 머리칼 위에 내려 앉는 것을 보았노라고.
이 모두가 그대들이 아름다움에 대해 말한 것들.
그러나 그대들이 말한 것은 사실
아름다움이 아니라 채우지 못한 욕구일 뿐.

아름다움이란
욕구가 아닌 도취.
아름다움은 목마름에 타는 입도,
동냥하기 위해 내민 빈손도 아니다.
다만 아름다움은
열광하는 마음과 기뻐하는 영혼.

아름다움은 그대가 보고자 하는
형상도 아니요
그대가 듣고자 하는
노래도 아니다.
다만 아름다움은 그대가
눈을 감을 때 볼 수 있는 형상.
그대가 귀를 닫을 때 들을 수 있는 노래.
아름다움은 쪼그라든
나무껍질 안에 들어 있는
수액도 아니요
발톱에 매달린
날개도 아니다.
다만 아름다움은
영원히 꽃이 피어 있는 정원.
영원히 하늘을 나는 천사의 무리.

오르팔레즈 사람들이여,
아름다움이란 베일을 벗고
거룩한 맨 얼굴을 드러낸 삶의 모습.

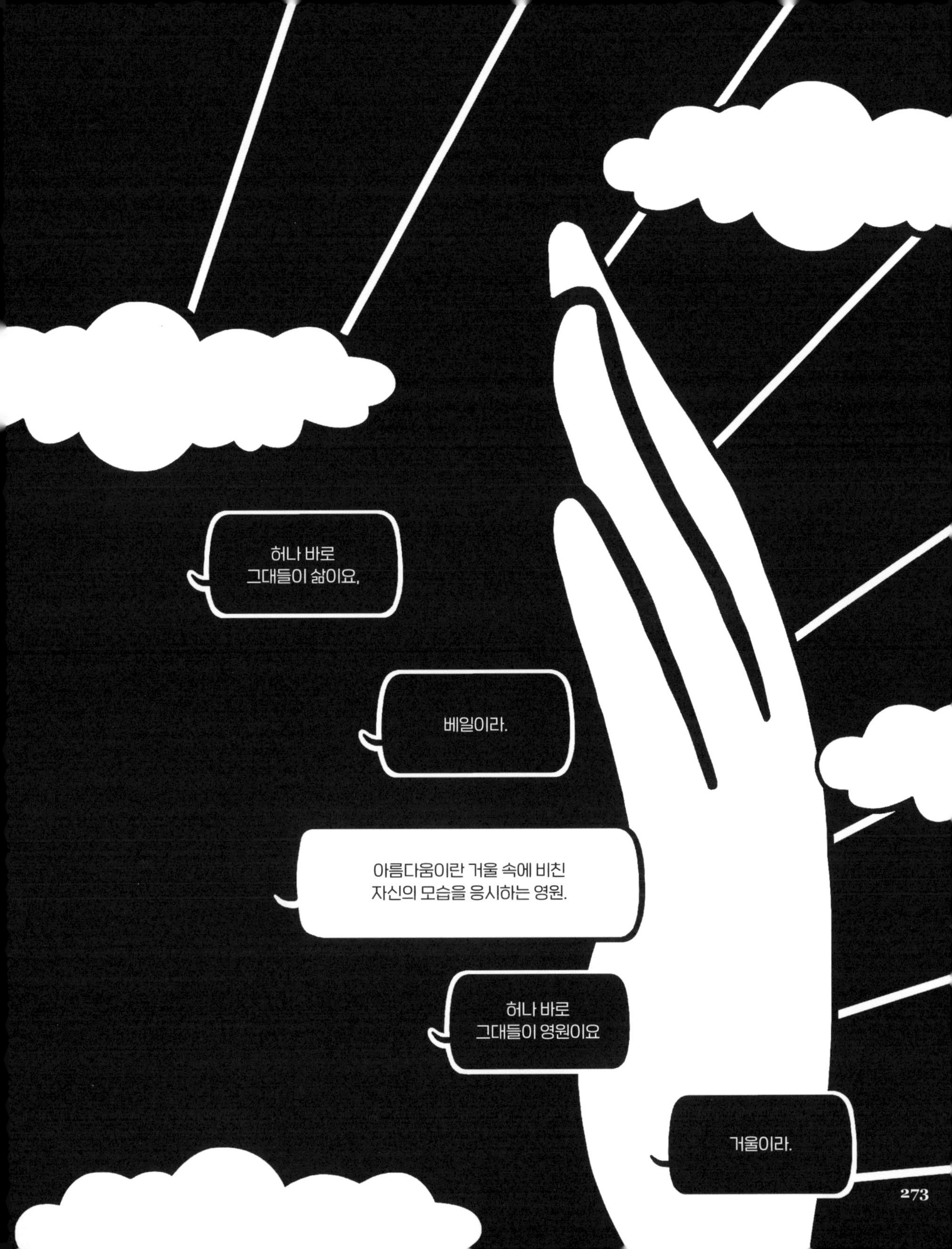

허나 바로
그대들이 삶이요,

베일이라.

아름다움이란 거울 속에 비친
자신의 모습을 응시하는 영원.

허나 바로
그대들이 영원이요

거울이라.

그때 한 늙은 사제가 말했다.
말씀해 주소서.

종교에 대해서

그가 대답했다.

내가 오늘 종교가 아닌
다른 것에 대해 말했던가?

모든 행동과 생각을 아우르는 것이
종교가 아닌가?

행동도 생각도 아니지만 두 손으로
정성스레 돌을 깎거나 베틀을 돌리는 중에

영혼에서 솟아오르는 경탄과 놀라움 또한
종교가 아니겠는가?

자기 신앙과 행동을
자기 신념과
생활을 분리할 수 있는 이,
누구인가?
자신의 시간을
자기 앞에 펼쳐놓고
이건 신을 위한 시간,
이건 나를 위한 시간,
이건 영혼을 위한 시간,
이건 육신을 위한
시간이라고 말할 수 있는 이,
누구인가?
그대의
모든 시간은
날개이다.
저 하늘에서
자신과
또 다른 자신
사이를 오가며
펄럭이는
날개.

도덕을 자신의 가장 멋진 옷처럼 걸치고 다니는 자,
차라리 헐벗는 편이 나으리라.

바람과 태양은
그대의 살갗을 찢지 못하기에.

윤리에 따라
자기 행실을 결정하는 자

노래하는 새를
새장에 가두는 것이리라.

가장 자유로운 노래는
창살과 철망 뒤에서는 드높아질 수 없기에.

종교를
우리가 여닫을 수 있는
창문처럼
여기는 자,
아직 자기 영혼의 집에
가보지 못한 자이리라.
새벽부터 이튿날 새벽까지
창문이 열려있는 그 집에.

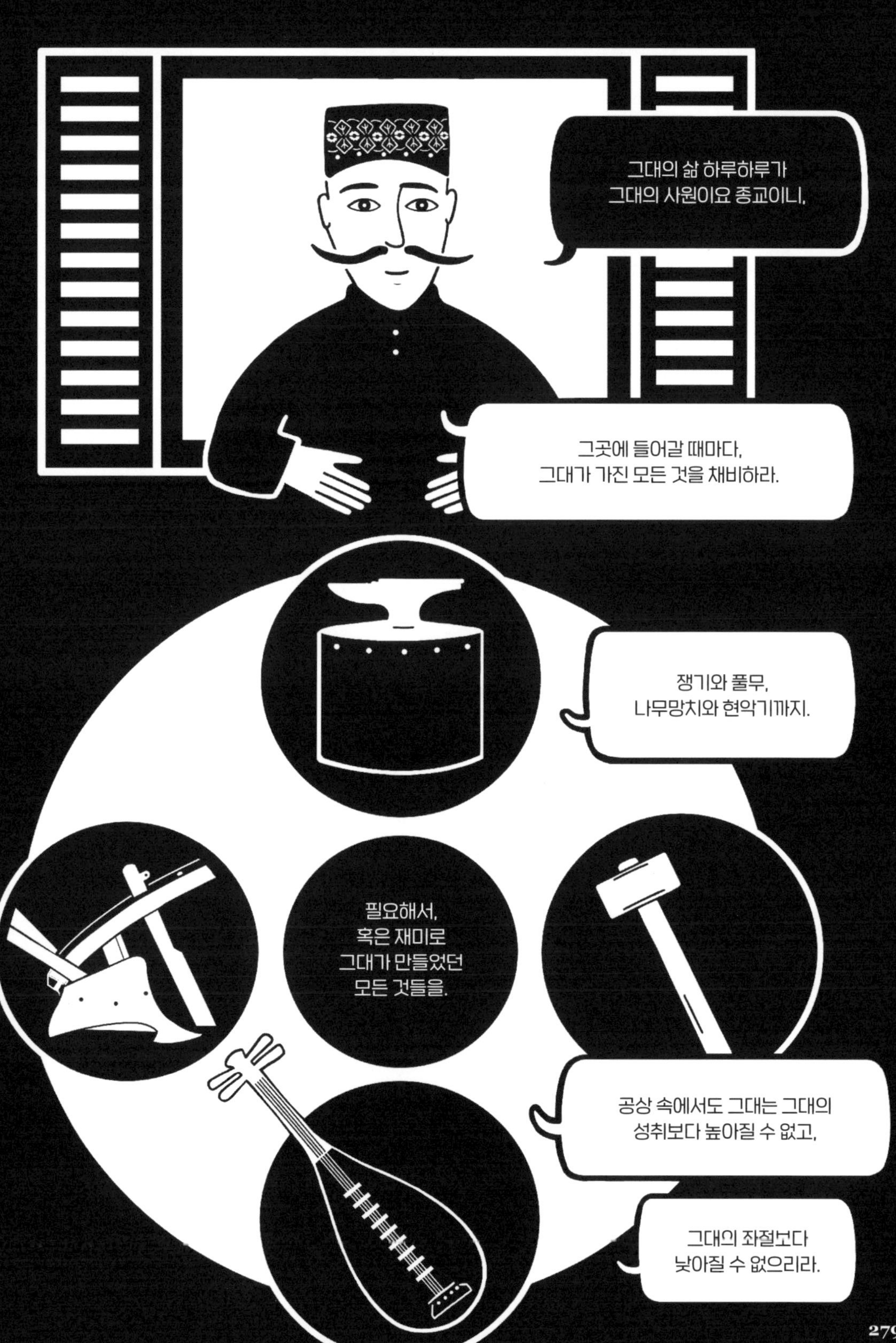

그대의 삶 하루하루가
그대의 사원이요 종교이니,
그곳에 들어갈 때마다,
그대가 가진 모든 것을 채비하라.
쟁기와 풀무,
나무망치와 현악기까지.
필요해서,
혹은 재미로
그대가 만들었던
모든 것들을.
공상 속에서도 그대는 그대의
성취보다 높아질 수 없고,
그대의 좌절보다
낮아질 수 없으리라.

또한 모든 이들과 함께
그곳에 가라.

예배를 드릴 때,
그대는 그들의 희망보다 더 높이 날지도

그들의 절망보다
더 낮아질 수도 없으리라.

그대가 신을 알고자 한다면, 결코 풀리지 않을 문제를 풀려고 하지 마라.
그보다 차라리 그대 주위를 둘러보라. 그러면 그대는 그대 아이들과 놀아주는 신을 보게 되리라.
저 하늘을 바라보라. 그러면 그대는 구름 속을 걷고
번개 속에서 팔을 뻗으며
빗속에서 내려오는 신을 보게 되리라.

또한 그대는 꽃들 틈에서
미소 짓다가
다시 일어나

나무들 사이에서
손을 흔드는 신을 보게 되리라.

그때 알미트라가 말을 이었다.
그럼 저희가 묻겠습니다.

죽음에 대해서

그가 대답했다.

그대는 죽음의 비밀을
알고 싶어 하리라.

그러나 그대가 생의 한 가운데서
죽음의 비밀을 찾으려 하지 않는다면,
어찌 그것을 발견할 수 있겠는가?

밤눈은 밝지만
낮에는 눈이 머는 올빼미는

그대에게 결코 빛의 신비를
알려줄 수 없으리라.

그대, 진실로 죽음의 영을 보고 싶다면,
생의 육신에 마음을 활짝 열어라.

강과 바다가 하나이듯,
삶과 죽음은 하나이다.

그대의 희망과 열망
저 깊은 곳에
저 세상에 대해 그대가 알고 있는
모든 것이 고요히 쉬고 있다.
눈 속에 파묻혀
꿈을 꾸는 씨앗들처럼
그대의 마음은
봄을 꿈꾼다.

그 꿈을 믿어라.
영원으로 가는 문이
바로 그 꿈속에 숨겨져 있으니.

그대가 죽음을 두려워함은
왕 앞에 선 목동의 떨림 같은 것.
왕이 그에게 손을 내밀어 치하할 때,
목동은 물론 떨리겠지만
이내 왕의 손길을 받았음을
기뻐하지 않겠는가?
그럼에도 목동은 기쁨보다는 떨림을
더 크게 느끼지 않겠는가?

죽는다는 것은 무엇인가?
바람 속에 알몸으로 있다가
태양 아래서
사라지는 것이 아니던가?

숨쉬기를 멈춘다는 것은
무엇인가?
끊임없이 들고 나는 호흡에서
그만 그 숨을 자유롭게 놓아주는 것.
그리하여 그 숨이
높이 올라
활짝 펼쳐지며
마음껏 신을
구하는 것이 아닌가?

그대는 먼저 침묵의 강물을 마셔라.
그래야 그대,
진정으로 노래할 수 있으리라.
그대는 먼저 산꼭대기에 올라라.
그래야 그대, 비로소 높은 곳을 향해
발을 내딛을 수 있으리라.

그리하여 그대는 대지가
그대의 팔다리를 필요로 할 때
비로소
진정으로

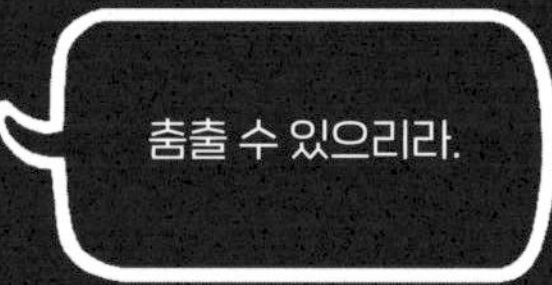
춤출 수 있으리라.

이제, 안녕히

이제 저녁이 되었다.

예언자 알미트라가 말했다.
이 날과
이곳
그리고 말씀을 전해 준
당신의 영혼을
축복하나이다.

그가 대답했다.

말을 한 것이
나였던가?

나 또한 듣는 자가
아니었던가?

그가 사원의 계단을 내려가자
모든 이들이 그의 뒤를 따랐다.

그는 배 앞에 이르러
갑판 위에 올랐다.

그는 다시금 뒤돌아서서
사람들을 향해 큰소리로 말했다.

오르팔레즈
사람들이여,

바람이 내게 그대들과
작별하라고 명하니

내 비록 바람만큼
마음이 급하지는 않지만

이제는 떠나야 한다.

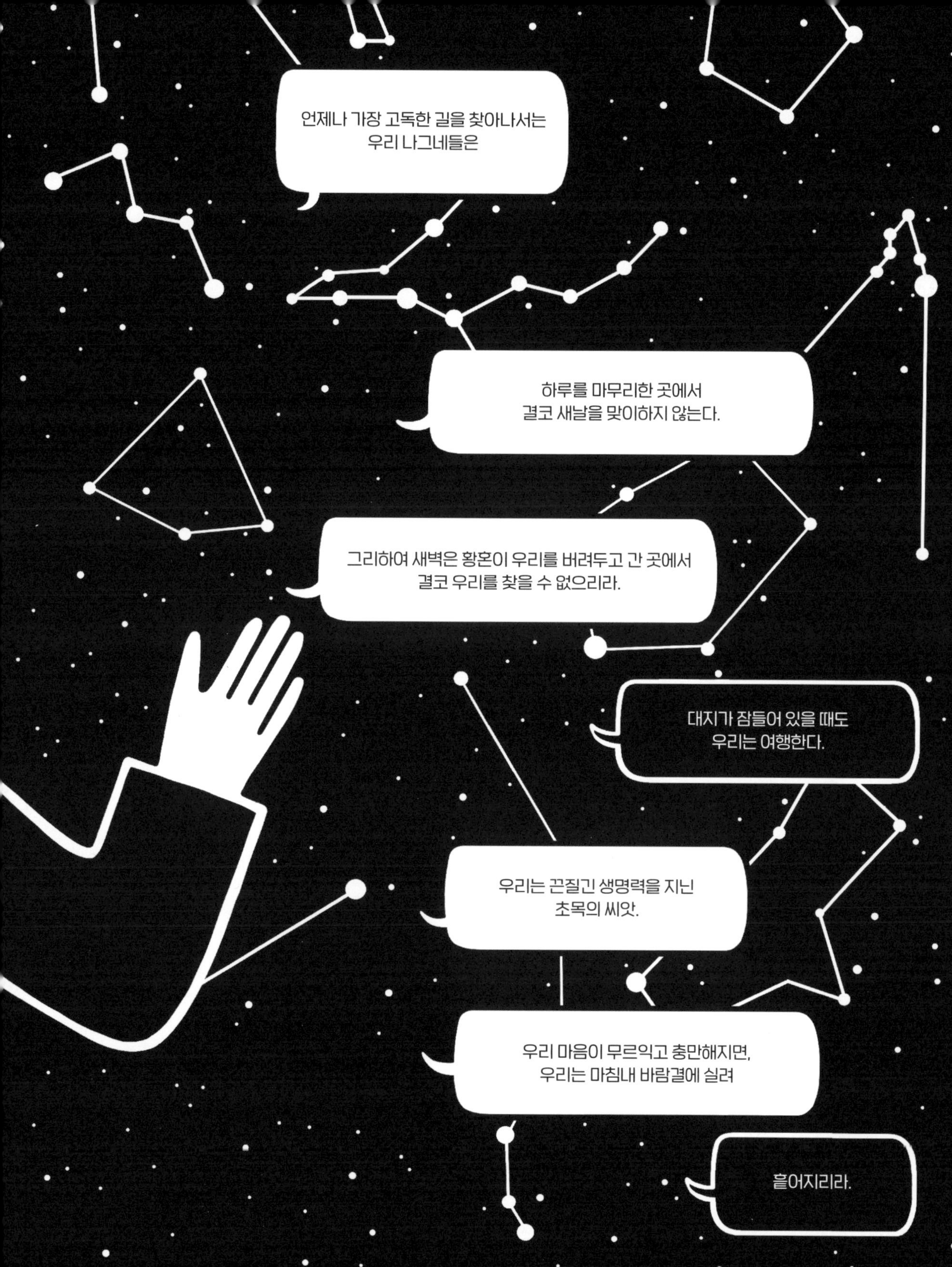
언제나 가장 고독한 길을 찾아나서는
우리 나그네들은

하루를 마무리한 곳에서
결코 새날을 맞이하지 않는다.

그리하여 새벽은 황혼이 우리를 버려두고 간 곳에서
결코 우리를 찾을 수 없으리라.

대지가 잠들어 있을 때도
우리는 여행한다.

우리는 끈질긴 생명력을 지닌
초목의 씨앗.

우리 마음이 무르익고 충만해지면,
우리는 마침내 바람결에 실려

흩어지리라.

그대들과 함께 한 날들은 짧았고
내가 했던 말들은 더욱 짧았노라.
허나 내 목소리가
그대들 귓전에서 희미해지고
내 사랑이 그대들 기억에서
아스라해질 때,

나는 다시 돌아오리라.
그때는 보다 풍성한 마음,
보다 영혼에 순종하는 입술로
그대들에게 말하리라.

마땅히 나는 저 파도와 함께 돌아오리라.
죽음이 나를 감싸고
광막한 고요가 나를 덮친다 해도
나는 또다시 그대들을 이해하기 위해 애쓰리라.
그런 내 열망은 헛되지 않으리라.
내가 했던 말이 옳다면
그 진리는 그대들의 생각에 더욱 가까워진 말과
더욱 또렷한 목소리로 세상에 드러나리라.

오르팔레즈 사람들이여,
나는 바람을 따라 떠나지만,
결코 사라져 없어지는 것이 아니다.
나를 필요로 하는 그대들의 마음과
그대들을 사랑하는 나의 마음이
이 하루로 충족되지 않는다면
훗날을 기약하자.

인간의 욕구는 변하게 마련이지만
사랑은 변하지 않는다.
그 사랑을 통해
자신의 욕구가 채워지기를
바라는 열망 또한 변하지 않는다.
그러니 부디 기억하라.
아득한 고요 속에서
내가 다시 돌아온다는 것을.

새벽이면 들판에 이슬을 남기고 흩어지는 안개는
하늘 위로 올라가
구름을 만들고
비가 되어 다시 땅 위로 내려온다.

나도 그 안개와
다르지 않다.

평온한 밤이면
나는 그대들의 거리를 거닐었고

내 영혼은
그대들의 집으로 들어갔다.

그대들의 심장 박동 소리
내 심장에서 울려 퍼졌고

그대들의 숨결
내 얼굴을 어루만졌으니

그대들 모두를 내가 알고 있다.

나는 진실로 그대들의 기쁨과 슬픔을 알고 있다.
그대들이 잠결에 꾸는 꿈은 곧 나의 꿈이었다.
그대들 가운데 있던 나는 산중에 있는 호수와 같았다.
그대 마음 안의 산꼭대기와 구불구불한 비탈길을,
수많은 그대 생각과
그대 열망을 비추는 호수.

시냇물 같은
그대 아이들의 웃음소리와
강물 같은
그대 젊은이들의 열망이
내 고요 속으로 흘러들어 왔으니
그 시냇물과 강물은
저 깊은 고요에 다다라서도
노래하기를
멈추지 않았노라.
그런데 그 웃음보다 더 다정하고
그 열망보다
고귀한 것이 내게 왔다.

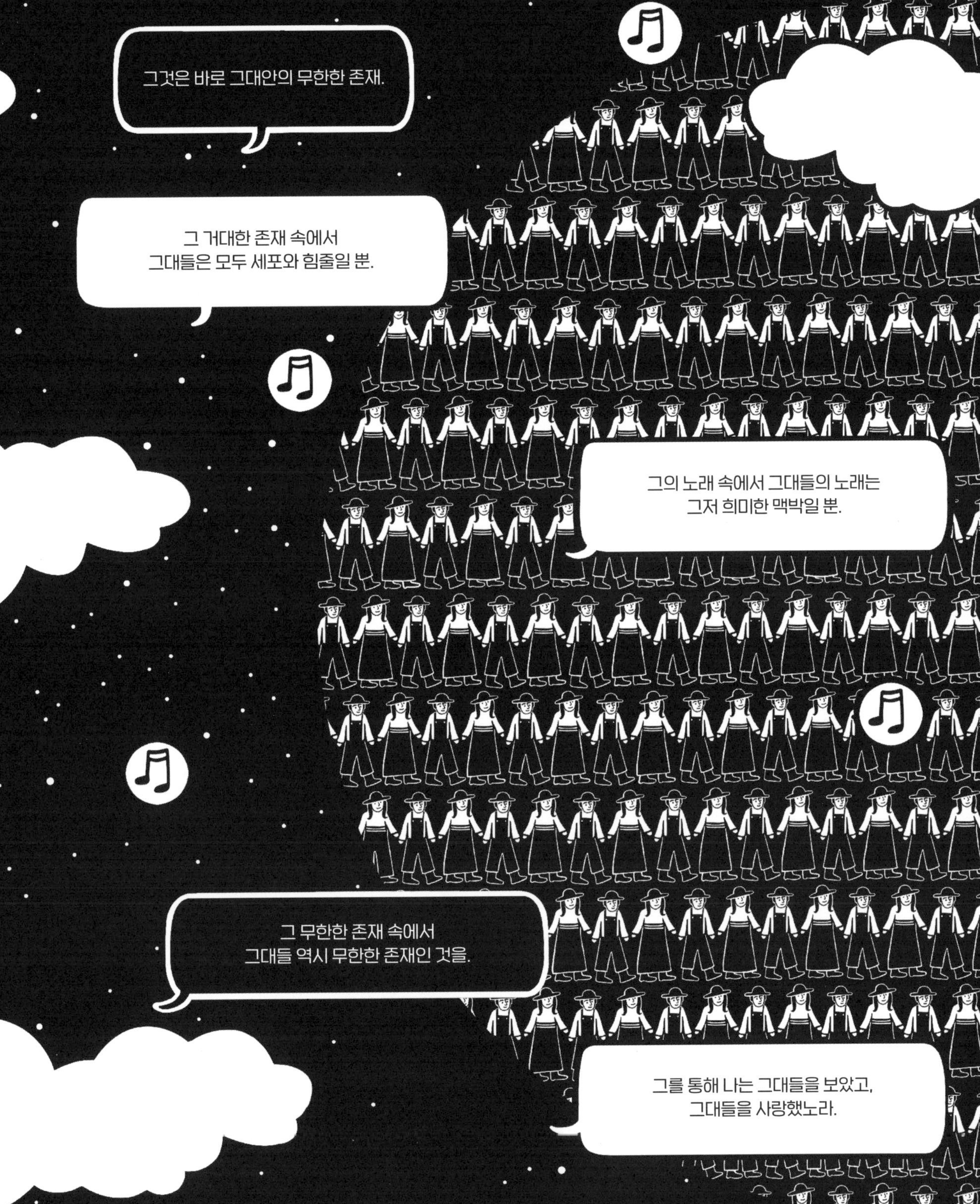

그것은 바로 그대안의 무한한 존재.
그 거대한 존재 속에서
그대들은 모두 세포와 힘줄일 뿐.
그의 노래 속에서 그대들의 노래는
그저 희미한 맥박일 뿐.
그 무한한 존재 속에서
그대들 역시 무한한 존재인 것을.
그를 통해 나는 그대들을 보았고,
그대들을 사랑했노라.

그 광대한 세계 안에서
사랑이 가닿지 못할 거리가 있겠는가?
어떤 환상,
어떤 희망,
어떤 기대가
사랑보다 더 높이
날아오를 수 있는가?
그대 안의 무한한 존재는
사과꽃으로 뒤덮인
크나 큰 한 그루 떡갈나무.

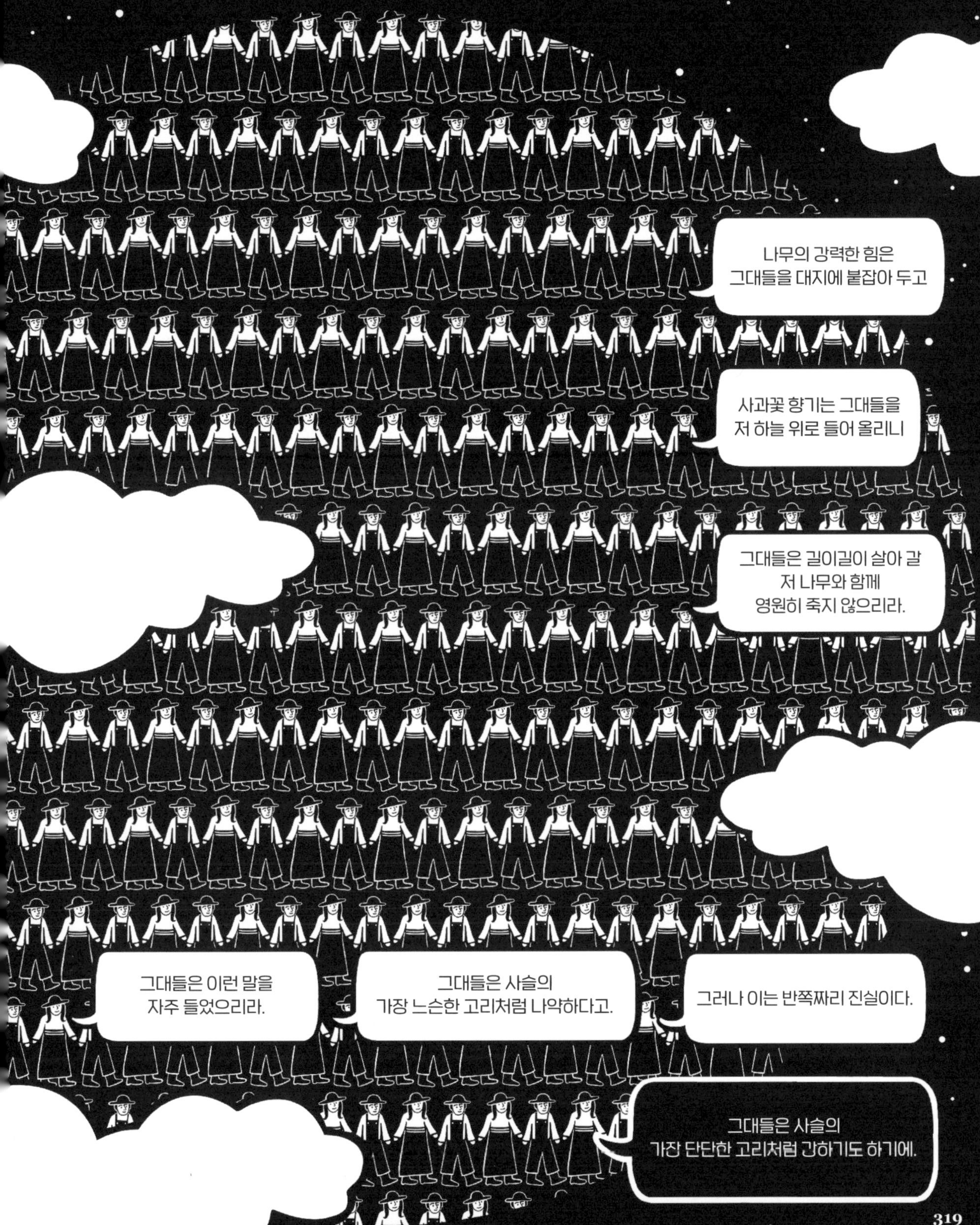

나무의 강력한 힘은
그대들을 대지에 붙잡아 두고

사과꽃 향기는 그대들을
저 하늘 위로 들어 올리니

그대들은 길이길이 살아 갈
저 나무와 함께
영원히 죽지 않으리라.

그대들은 이런 말을
자주 들었으리라.

그대들은 사슬의
가장 느슨한 고리처럼 나약하다고.

그러나 이는 반쪽짜리 진실이다.

그대들은 사슬의
가장 단단한 고리처럼 강하기도 하기에.

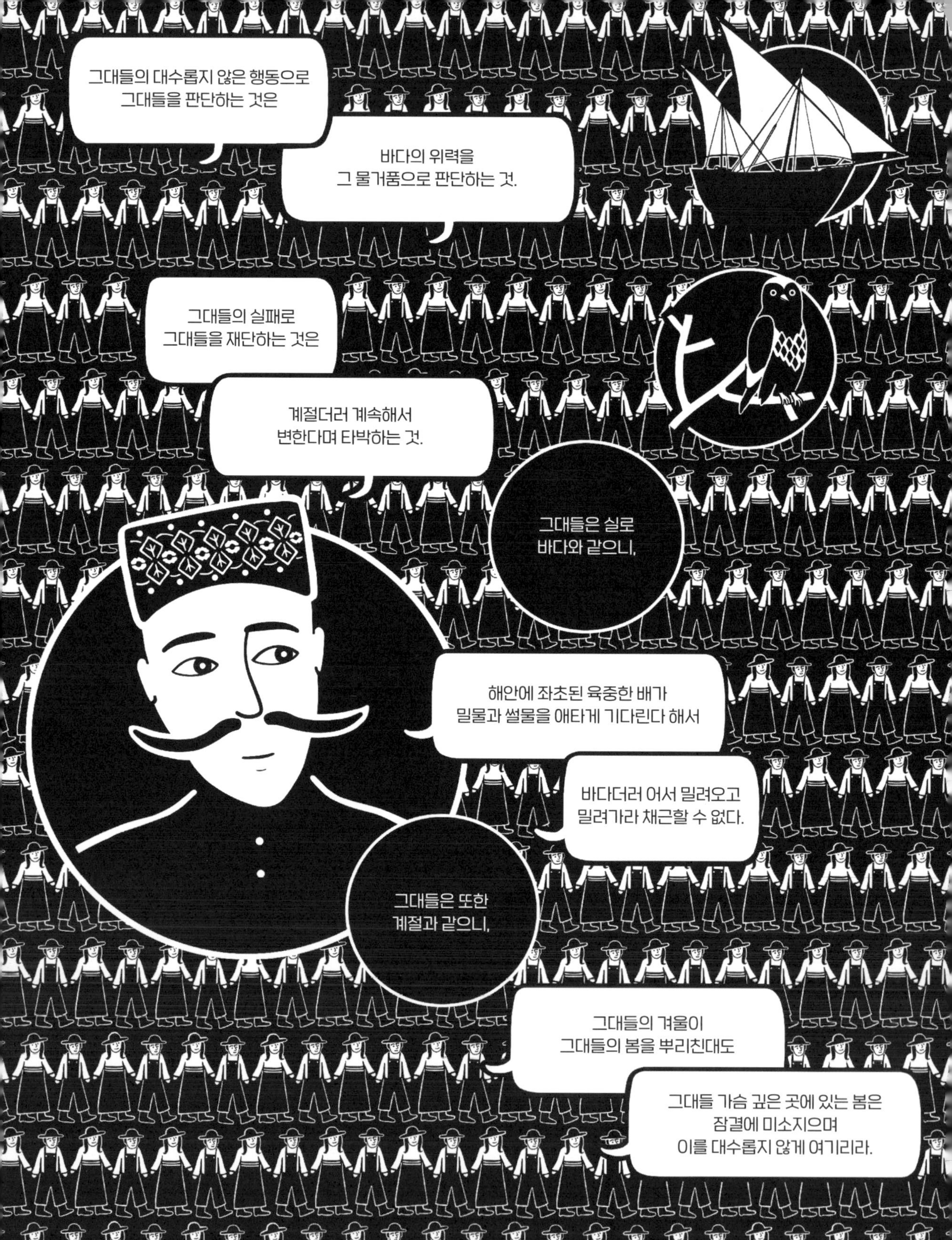

그대들의 대수롭지 않은 행동으로
그대들을 판단하는 것은
바다의 위력을
그 물거품으로 판단하는 것.
그대들의 실패로
그대들을 재단하는 것은
계절더러 계속해서
변한다며 타박하는 것.
그대들은 실로
바다와 같으니,
해안에 좌초된 육중한 배가
밀물과 썰물을 애타게 기다린다 해서
바다더러 어서 밀려오고
밀려가라 채근할 수 없다.
그대들은 또한
계절과 같으니,
그대들의 겨울이
그대들의 봄을 뿌리친대도
그대들 가슴 깊은 곳에 있는 봄은
잠결에 미소지으며
이를 대수롭지 않게 여기리라.

내가 이렇게 말한다고 해서
그대들이 서로 이런말을
주고 받기를
바라는 것은 아니다.
"그가 우리를 칭송하더군."
"그는 우리의
좋은 면만을 보았어."
나는 그저 그대들이 이미
마음속으로 알고 있는 것을
말로 표현한 것 뿐.
그런데 말로 표현하는 앎이란
말로 표현하지 않는 앎이
드리우는 그림자에
불과하지 않겠는가?

그대의 마음과 나의 말들은
봉인된 기억의 파도들.
그 기억 속에 우리의 어제와
우리는 물론
대지 스스로도
알지 못했던 태고의 나날들이,
그리고 혼돈에 휩싸였던 대지의 밤들이
고스란히 간직되어 있다.
많은 현자들이 이곳에 와
그대들에게 지혜를 전했다.
그러나 나는 이곳에 와
그대들의 지혜를 얻어 가노라.

자, 보라!
나는 지혜보다 더욱 고귀한 것을 발견했다.
그것은 바로 그대 안에서 언제나 더 큰 영혼을 맞이하는
타오르는 그대의 영혼.
허나 그대는 더욱 높아지는 영혼은 보지 못하고
그대의 나날들이 시들어간다며 눈물짓는다.
육신의 삶만을 구하는 이에게 무덤은 두려운 것.

그러나 여기, 무덤은 없다.
저 산과 저 들판은
요람이요
근원이리라.

그대, 조상들이 묻힌 들녘을 지날 때마다
가만히 살펴보라.
그러면 그대는 그대와 함께 손에 손을 맞잡고
춤추는 그대의 아이들을 보게 되리라.
실로 그대는 때때로 마음껏 즐거워하면서도
이를 깨닫지 못한다.

또 다른 이들은 이곳에 와
그대들에게 찬란한 약속을 했다.

그 약속을 믿은 그대들은 그들에게

부와

권력

명예를 주었다.

나는 그대들에게
약속 하나 해주지 못했건만

그대들은 내게 훨씬 더
후하게 베풀어 주었다.

내게 삶에 대한 더 깊은 갈증을 준 것이
바로 그대들이었기에.

한 사람의 목표를
목마름에 타는 입술로,

그의 온 생애를 샘물로 바꾸는 것.

그보다 더 값진
선물은 없으리라.

바로 거기에
나의 영광과 보상이 있노라.

샘물에 목을 축이러 갈 때마다
나는 깨닫게 되리라.

샘물 역시 목말라 한다는 것을.

내가 샘물을 마실 때,
샘물 또한 나를 마신다는 것을.

그대들 중 어떤 이들은 내가
너무 교만하거나 너무 수줍어해서
선물받기를 꺼린다고 생각했다.
사실 어떤 대가를 받기에는
나의 자존심이 허락지 않으나
선물은 다르다.
그대들이 나를 식사에
초대하려 했을 때,
내 비록 언덕에서
산딸기를 따먹었고
그대들이 기꺼이
그대 집에 나를 들이려 했을 때
내 비록 사원 문간에서
잠을 청했지만

나의 날들과 밤들을 돌봐 준
그대들의 다정한 배려 덕분에

음식을 먹을 때는
더욱 맛있게 느껴졌고

잠에 들 때는
멋진 꿈을 꿀 수 있었노라.

다른 무엇보다도
내가 그대들에게
감사하는 것이 있으니,

많은 것을 내어주고도 정작
자신들이 베풀었다는
사실조차 모른다는 것.

실로 거울 속에 비친 자신을
의식하는 호의는 타성에 빠지게 되고

자화자찬을 늘어놓는 선행은

결국 불행에 이르게 된다.

그대들 중 어떤 이들은
내가 나만의 고독에 빠져
거드름을 피운다고 여기며

이렇게 말했다.

'저 사람은 숲 속 나무들과 상의할지언정
우리들하고는 그러지 않는군.'

'저 사람은 언덕 꼭대기에 홀로 앉아
저 높은 곳에서 우리 도시를 바라보기만 하는군.'

내가 언덕에 올라 외딴 길들을
거닐었던 것은 사실이다.

그러나 높은 곳에 오르지 않고,
그대들과 거리를 두지 않았다면
내가 어찌 그대들을 볼 수 있었겠는가?

멀어지지 않고
어떻게 가까워질 수 있겠는가?

그대들 중 또 어떤 이들은 입 밖으로 내지는 않았지만 내게 이런 말들을 내비쳤다.
이방인이여, 이방인이여, 허락되지 않은 높은 곳을 갈망하는 이여,
독수리들이 둥지 트는 저 산꼭대기에 머무나요?
당신은 어찌하여 가닿을 수 없는 것을 갈망하나요?
당신은 당신 그물로 어떤 폭풍을 잡아채려 하나요?

당신은 저 하늘에서
어떤 상상속의 새를 잡으려 하나요?
이리 와서 우리와 함께 하세요.
내려와서 우리 빵으로
당신의 허기를 달래고
우리 포도주로
당신의 갈증을 채우세요.
그런 이들은 영혼의 고독에
빠져 이런 말들을 했으리라.

그러나 그들의 고독이
보다 깊었더라면, 그들은 알았으리라.
내가 구하고 있던 것은
그저 그대들의 기쁨과 슬픔의 비밀이요
내가 좇고 있던 것은 그저
저 하늘에 어른거리는
무한한 그대 자신이라는 것을.
그러나 쫓는 자는
쫓기기도 하는 법.
내 활시위에서 튕겨 나간
수많은 활들은
내 가슴을 겨냥하고 있었노라.

내 날개가 태양 앞에 펼쳐졌을 때
대지에 드리워진 그림자는
한 마리 거북이로 보이리라.
하늘을 나는 존재는 또한
땅 위를 기는 존재.
믿는 자인 나는
또한 의심하는 자.

나는 이따금 내 상처를
손가락으로 깊숙이 찔러보곤 했노라.
그대들을 더 많이 믿고
더 깊이 이해하려고.
그 믿음과 이해로 그대들에게
분명히 말하건대
그대들은
그대 육신에 갇혀 있지도,
그대 집이나 들판에
얽매여 있지도 않다.

그대의 자아는 저 산 위에 머물며 바람 따라 한가로이 거닐고 있다.
그대의 자아는 태양 아래 엎드려 온기를 구하지도
굴을 파고 암흑 속으로 들어가 안전하기를 바라지도 않는다.
그대의 자아는 자유로운 존재요
대지를 둘러싸고
하늘을 유람하는 영혼.

이런 말들이 막연하게 느껴진다 해도,
이를 분명하게 하려고 하지 마라.

막연하고 애매한 것은
만물의 끝이 아닌 시작이니.

그대들은 나를
하나의 시작으로 기억해 주기를.

생명, 그리고 살아있는 모든 존재는
맑고 깨끗한 결정이 아닌
뿌연 안개 속에서 잉태된다.

맑고 깨끗한 결정도
다만 산산이 흩어지는 안개가 아니던가?

바라건대 그대들이 나를 떠올릴 때, 이를 기억해 주기를.

그대 안에서 가장 나약하고 가장 애매한 것이

사실 가장 강하고 가장 선명한 것임을.

그대 뼈의 골격을 세우고 튼튼하게 만든 것은 그대의 숨결이 아니던가?

또한 그대들의 도시를 세우고 그 안에 있는 모든 것을 만들어낸 것은

그대들 중 누군가 언제 꾸었는지 기억조차 못하는 꿈이 아니던가?

그대가 들고 나는
그 숨결을 가만히 바라볼 수 있다면

그대는 다른 것들을
더는 보지 않으리라.

그대가 그 꿈이 속살거리는
소리를 들을 수 있다면

그대는 다른 어떤 소리도
더는 듣지 않으리라.

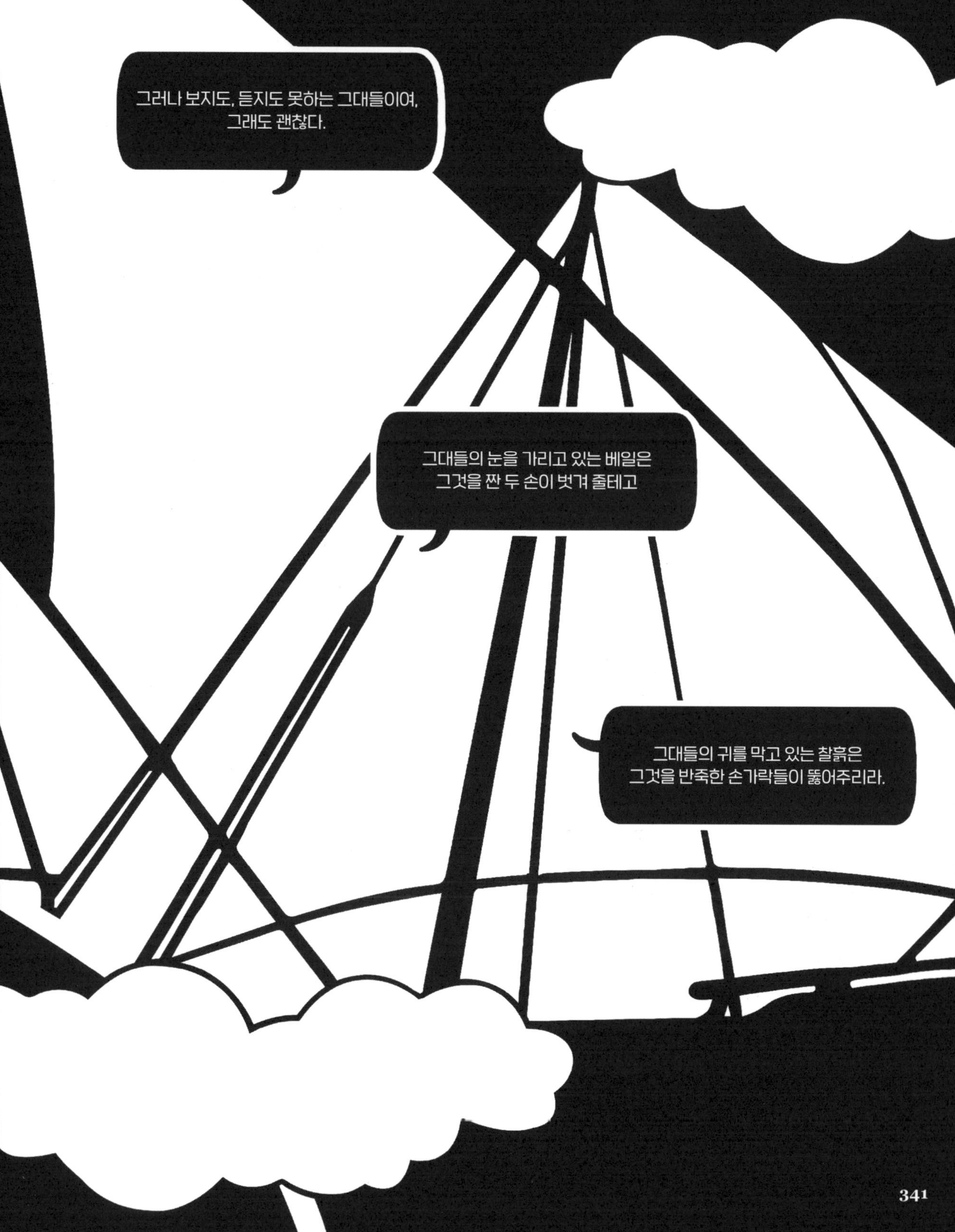

그러나 보지도, 듣지도 못하는 그대들이여,
그래도 괜찮다.
그대들의 눈을 가리고 있는 베일은
그것을 짠 두 손이 벗겨 줄테고
그대들의 귀를 막고 있는 찰흙은
그것을 반죽한 손가락들이 뚫어주리라.

그러면 그대들은 보게 되리라.
그리고 듣게 되리라.
그렇다고 그대들은
여태 눈멀고 귀먹었었노라고
한탄하지 마라.

그날이 오면, 그대들은
만물의 숨은 뜻을 알게 되리라.

그리하여 그대들은 빛을 감사히 여기듯,
어둠도 감사히 여기리라.

이런 말들을 하고 나서
그가 주변을 둘러보니,
배의 조타수가 방향키를 잡고 서 있었다.
조타수는 부풀어 오른 돛을 보더니
저 수평선으로 눈을 돌렸다.
그러자 알무스타파가
말했다.
이 배의 선장도 기다릴 만큼 기다렸다!

바람이 분다, 돛이 펄럭인다.
방향키마저 뱃머리를 재촉한다.
그런데도 선장은 내 말이 끝나기를
잠자코 기다렸다.
저 먼 바다가 한목소리로 부르는 소리를 들은
선원들도 내 말을 진득하게 들어주었다.
허나 저들도 더는 기다릴 수 없으리라.
나는 채비를 마쳤다.
강물이 바다에 다다르면
크나 큰 바다는 어머니처럼
자기 아들을 또다시
품 안에 꼭 끌어 안아주리라.

오르팔레즈 사람들이여,
이제 안녕히.

오늘은 끝났다.

수련의 꽃잎이
내일을 위해 오므라들듯,
우리의 오늘도 저물었다.

여기에서 우리에게 주어졌던 것을
우리는 간직하리라.

그것으로 만족할 수 없다면,
우리는 다시 한 자리에 모여 다함께
베풀어 준 이에게
우리의 손을 내밀어야 하리라.
나는 갔다가 그대들에게
다시 돌아온다.
이를 잊지 마라.

머지않아 나는
지극한 갈망을 느끼리라.
먼지와 거품을 그러모아
또 다른 육신을 갖고 싶어서.
머지않아
바람결에 한 숨 돌리고 나면,
또 다른 여인이
나를 세상에 내놓으리라.

잘 있거라, 그대들이여.
그대들과 보낸 내 젊은날들이여.
우리가 꿈속에서 만났던 게 겨우 어제 같노라.
그대들의 노래는 나의 고독을 달래주었고,
그대들의 열망으로 나는 저 하늘에 탑 하나를 세웠노라.

허나 이제 우리의 잠은 달아났고
우리의 꿈은 끝났으며
새벽은 지나갔다.
한낮이 가까워지니
잠이 덜 깬 몽롱한 정신을 깨우고 햇빛 찬란한 낮을 맞이해야 한다.
그리고 우리는 작별해야 한다.

언젠가 기억의 황혼녘에서
우리 다시 만나면
다함께 모여 이야기를 나누고
그대들은 내게 더욱
그윽한 노래를 불러 주리라.
그리고 우리 손이
또 다른 꿈속에서 맞닿으면
우리는 저 하늘에
또 다른 탑을 세우리라.

이런 말을 하고는

그가 선원들에게 손짓하자,
그들은 곧장 닻을 올리고 닻줄을 풀었다.

이윽고 배가 동쪽으로 나아갔다.

모두 같은 마음이었던
사람들의 울음이 터져 나와

어슴푸레한 빛 속에서
울려 퍼졌고

합주하는 나팔소리처럼

저 바다 위로 실려 갔다.

오직 알미트라만이
가만히 떠나가는 배를 바라보았다.
배가 안개 속으로 사라질 때까지.

사람들이 흩어지고 나서도
그녀는 홀로 방파제에 남아 있었다.

조금 전 그가 한 말을
마음속으로 떠올리면서.

머지않아

바람결에 한 숨 돌리고 나면

또 다른 여인이

나를 세상에 내놓으리라.

이 책에서는 저자의 원어 표기인 Khalil Gibran을 사용하였습니다.
이는 저자의 본래 아랍식 표기에 기반한 것으로, 영미권 및 기존 출판물에서 널리 알려진
Kahlil Gibran과 동일한 인물을 지칭합니다.

Le Prophète

예언자

초판 1쇄 인쇄 2025년 8월 1일
초판 1쇄 발행 2025년 8월 11일

글 칼릴 지브란
그림 제이나 아비라셰드
옮김 박효은

대표 장선희 **총괄** 이영철
책임편집 안미성 **기획편집** 정시아, 오향림
책임 디자인 이승은 **디자인** 양혜민
마케팅 김성현, 유효주, 이은진
경영관리 전선애

펴낸곳 서사원 **출판등록** 제2023-000199호
주소 서울시 마포구 성암로 330 DMC첨단산업센터 713호
전화 02-898-8778 **팩스** 02-6008-1673 **이메일** cr@seosawon.com

홈페이지 인스타그램

ⓒ 칼릴 지브란, 제이나 아비라셰드

ISBN 979-11-6822-448-3 03840

• 이 책은 저작권법에 따라 보호를 받는 저작물이므로 무단 전재와 무단 복제를 금지합니다.
• 이 책 내용의 전부 또는 일부를 이용하려면 반드시 저작권자와 서사원 주식회사의 서면 동의를 받아야 합니다.
• 잘못된 책은 구입하신 서점에서 바꿔 드립니다. • 책값은 뒤표지에 있습니다.

서사원은 독자 여러분의 책에 관한 아이디어와 원고 투고를 설레는 마음으로 기다리고 있습니다.
책으로 엮기를 원하는 아이디어가 있는 분은 서사원 홈페이지의 '출간 문의'로
원고와 출간 기획서를 보내주세요. 고민을 멈추고 실행해보세요. 꿈이 이루어십니다.